海の牙

TsutOmu MiZukaMi

水上勉

P+D BOOKS
小学館

目次

序章　猫踊り

陽がかげると、岩の巻貝が波打ちぎわに落ちこぼれた。

貝を拾っている子供は五人いた。中に女の子が一人まじっている。どの子も裸足だった。男の子たちは、汚れたメリヤスのシャツと、つぎはぎのある木綿のシャツを着ていた。みんながズボンの裾を膝までまくりあげている。女の子は赤いふるびたメリンスの着物だった。その着物の膝のあたりに穴があき、裏生地が見えた。女の子も裾をまくりあげ、その端を縄のように細くなった兵子《へこ》帯にたぐりこんでいた。膝がしらの白い子である。やせているので、くるぶしがとび出ている。

どの子も、古い空罐や、角のまるくなった弁当箱をもっていた。磯波はゆるく、土色に陽焼けした子供たちのふくらはぎのあたりへ間断なく打ち寄せていた。

ビナと呼ばれているその巻貝は、田螺《たにし》のような三角形の小さな貝である。子供たちは空罐や弁当箱にこのビナを拾いあつめていた。貝は家に持ち帰って母親の手で湯通しされる。それが夕食のかわりになるのだった。

四月はじめの海の風はなまあたたかく、水は冷えていたが、岩と岩のあいだや、砂浜へ入りこんでいるたまり水はぬるんでいた。

青い水苔のひかる岩の上に、一人だけよじ登って腰をかがめていた男の子が、とつぜん磯のほうを見て叫んだ。

「ウメコ、どげんしたと？」

その声で、水の中にいた子供たちはいっせいに砂浜を見た。さきほどまで水際にいたはずの女の子が、砂の上で、膝を組み合わせるような恰好になり、前のめりに倒れる瞬間が見えた。

「ウメコ、どげんした？」

また、岩の上の子が叫んだ。

女の子は返事しなかった。砂に腹ばいになったまま、ざんばら髪を一二度振るように動かした。髪の上に砂と水がかかり、チカッと光った。倒れた瞬間に、女の子はアルマイトの弁当箱をひっくりかえし、ビナがこぼれ出ていた。

「ふるえとるぞ」

別の男の子が水しぶきをあげて砂浜に走った。そして、倒れた女の子の顔をのぞくと、すぐ振りかえって叫んだ。

「猫のごつ、ふるえとっち……」

岩の子も、近くにいた子も、獲物入れの罐を胸もとにもちあげて女の子のそばに走ってきた。

「どぎゃんした、ウメコ」

背のたかい年長の子が、さしのぞくようにして顔を見た。膝がしらを砂にめりこませているウメコの裏がえしになった足が小きざみにふるえている。くちびるの色が紫がかっている。それが何度も大きくふるえた。ウメコは何か言いたそうだったが、声が出ないようである。そして、曲げていたその細い手をのばした。這いつくばう恰好になった。膝のふるえはつづいていた。何か口の中で言ったようだが、はっきり聞えず、ウメコは上体をよじるようにくねらせた。うつむいたまま、手足をふるわせているのだった。

「腹が痛かじゃなっか」

そう言って年長の男の子は、また顔をさしのぞいた。急に、この子の顔色が変った。だらしなくあいているウメコの下唇から、涎《よだれ》が長く垂れおちるのを見たからである。白い水飴のような涎であった。ウメコのうつろな瞳孔は砂浜を見ていた。が、すでに視力がなかった。こぼれたビナ貝をウメコは砂にめり込ませながら手をつかえ、う、う、う、とかすかな呻きを訴えた。それから、やにわに涎の糸をひきながら這いだしたのである。

年長の子はへこんだ眼をまんまるく見開いていた。が、急に踵をかえすと、半泣きの顔になって崖上の村へ走りだしていた。

せり上がる傾斜の崖には、ところどころに黒い蜜柑の木が見られた。そこにトタンぶきの屋根を光らせた小さな家が、乳色の靄《もや》の中でかすんでいる。磯から崖に上がる坂道は九十九折《つづら》になっていた。石垣と青草のはえた道が段々になって見え、その道を駆け登る子供の姿はみるみる小さくなった。空罐が子供の腰でおどり、遠くまでかわいた音をたてた。

子供はトタンぶきの家の前までくると、積みあげた茶色い石段を一気に飛びこえて叫んだ。

「ウメコが猫踊り病にかかったあ、お父《と》つあん、おっ母《か》ん……」

母親は台所にいた。父親は母屋《おもや》の隣りの網小舎で地曳網をつくろっていたが、竹針をもったままちょっと子供のほうを見ただけであった。すでに母親は表に飛びだし、顔色をかえていた。

「おっ母あ、ウメコが大変だよッ」

母親は、せっかちに走る子供からおくれて小走りに歩いていたが、磯が見える地点にきて、遠くにむらがっている子供たちの姿を見たとき急にやせた顔をひきつらせた。

ウメコはうす目をあけていて手足を間断なくふるわせているばかりだった。ものが言えないのだ。

「ウメコ、ウメコ、ウメコ……」

母親は髪をふり乱し、汐焼けした手で少女の肩をしっかりつかんだ。はげしい痙攣《けいれん》がつたわってきた。やにわに母親は、うつ伏しているウメコを小脇に掻き抱いた。涎が長く糸をひき、母親の手に落ちかかった。

「ウメコ、ウメコ……」

絶叫する母親の顔は涙に汚れ、まっ青にかわっていた。突然、彼女は少女を抱き上げながら崖に向かって走りだした。母親の膝がしらが紅い腰巻を割ってむき出しのまま遠ざかって行った。

「お父《ど》、お父《ど》……猫踊りにかかったと、お父」

網小舎の中から父親が飛んできた。ウメコを抱きあげた。母親は敷居ぎわに手をつき、夫の足もとにしがみついて泣きくずれた。

「おら、駐在へ行ってくっから」

そう言ってウメコを家の中の莚《むしろ》の上に寝かせた。その瞬間、ウメコは汚れた砂だらけの尻をまるだしにして莚の上をころげ廻った。やがて、くるくると宙がえりをはじめた。苦痛を訴える少女の目に、けもののような光りが見えた。

トタン屋根の暗い下から、村の静かな空気をひき裂くような母親の泣きわめく声がいつまでもひびいていた。

九歳になるこの少女が、あとで「水潟奇病《みながた》」といわれる原因不明の恐るべき第一号患者となった。

ウメコは、発病して十五日目に水潟市立病院で死んだ。死ぬ間際に、この少女は看護婦の制止する手をはねのけ、体を宙に飛びはねたり、くるくると反転させたりしたのち、悶絶した。

入院した直後、医者ははじめ日本脳炎でないかと診断した。しかし、食物も水も受けつけない上に、手足や腰をふるわせているばかりで、手のほどこしようがなかった。すぐに極度の栄養失調になった。頭でっかちにオガラのようにやせ細ったウメコは、お玉じゃくしのように足をふるわせて寝ていた。十五日目の朝がた、医者や看護婦が茫然と見ている前で、突然、起き上がると一時間ほど激しい癲癇《てんかん》ようの発作をつづけた。狂死したのである。

これは、猫の死にざまと似ていた。この地方には、昔から、猫踊りというえたいの知れない病気が猫を襲っていた。魚や貝のくさった部分を猫が喰う。病気にかかると急に手足を痙攣させ、二三日目にやせ細り、地べたをころげ廻ったり、宙がえりをして狂死するのだった。どの猫も、うす目をあけたままで口からはげしく涎を垂らしながら死んでいった。

ウメコの場合、両親は日頃から顔色のわるい娘を気にして、あわびの腹わたを喰わせるのを日課にしていた。あわびの腹わたは薬だという習わしがある。父親は、家の者たちがビナや小魚を喰っていても、娘にだけはあわびを喰わせた。病気にかかる三日ほど前、ウメコは、朝飯のときポロリと茶碗を落した。一度持ちなおしたが、すぐにまた落したのだった。麦飯がこぼれたので、父親は叱りとばした。その日、学校へ行きしなにも、ウメコは出口のところで草履がはきにくいと訴えていたが、いつまにか出て行ったので両親は気にかけないでいた。その日、学校では一日じゅう運動場の隅にちぢこまり、ふるえていたという。しかしウメコは、帰ってからもこのことを両親に告げていなかった。

病院で狂死した少女の話は、尾ひれがついて恐ろしい病状の噂をうみ、部落じゅうにひびいていった。

「魚と貝に毒があるんじゃ。猫が喰って死によったが、人間もかかるようになったんじゃ」

この星の浦部落では、急に誰もあわびの腹わたを喰わなくなった。と同時に、漁師部落からあわび漁は消えたのである。あわびを買ってくれなくなったからだ。しかし、あわびだけに毒がまじっているというはっきりした根拠はどこにもなかった。ボラにも、チヌにも、伊勢エビにも毒がまじっているかもしれないのだ。この恐怖は、やがて、同病患者が続出するに及んで村の漁師たちを打ちのめしたのだった。

星の浦部落から約一キロほど離れた湾ぞいに滝堂《たきどう》という漁師部落があり、五月二十四日の朝、そこで大人の患者が出た。三十二歳の主婦であった。罹病して一ヵ月目に、彼女はカマキリのようにやせ、市立病院でウメコと同じ死にざまをした。猫同様に狂死したのである。

噂は大きくひろがった。「魚ば喰うと死ぬぞ」「魚に毒があるんじゃ」この主婦がいつもたべていたボラの刺身が、ついで部落人の食膳から消えた。

さらに患者は増えはじめた。滝堂部落の主婦が死んでから八月初めのわずか二ヵ月間に、星の浦に漁師二名、大工職が一名、滝堂部落に女が二名（うち少女一名）、米《こめ》の浦に男一名、小学生が二名、どれもみな似たような病状になり、病院に収容された。

魚の毒が猫にだけうつるという見解は改めねばならなくなった。人間を猫踊り病にかける毒が魚の腹に潜んでいるのか。漁師は魚が売れないばかりでなかった、自分たちも、いつ病気にかかって狂死するかしれなかったからである。

噂は部落だけの問題でなくなり、病院のある水潟市にひろがった。昭和三十一年晩秋のことである。

水潟市は熊本県と鹿児島県境にちかい海岸にあった。海は不知火《しらぬい》の名で親しまれている八代《やつしろ》潟《がた》である。市《まち》は県境の山系から流れてくる水潟川の河口にあったが、近辺には大小あまたの岬が海にむかって櫛目になって没していた。入りくんだ幾つもの小湾は、内海らしい落ちついたたたずまいで、波もあらくなかったし、いつも紺青の水が静かな山影をうかべていた。

市《まち》は工業都市である。しかし、目だった工場は一つしかなかった。東洋化成工業水潟工場というのがそれである。

工場は駅前の卵形になった広場から百メートル入った地点に、巨大な軍艦のような相貌で建っていた。硫安、塩化ビニール、醋酸《さくさん》、可塑《かそ》剤などが生産の中心になっていた。そのうち、塩化ビニールが主力だといわれた。透明な風呂敷や汚れのおちるテーブルクロスが繊維を革命したように、その原料である塩化ビニールはこの工場の伸展の原動力になった。水潟という小さな漁師町が、人口五万の市に昇格して周囲の漁師部落を併合したのも、革命といえないこともなかった。この事件の起きた年度は、五万の人口のうち約半数が工場関係労働者であり、この市の市民だった。

市の駅前に工場がデンと正門を構え、幾本もの高い煙突から黒煙が吐きだされている。空が灰色に染められている有様は、暗い気持の漁村とは反対に活気にあふれていた。市には工場から出る化学薬品とカーバイトの残滓《ざんし》の臭いがそこらじゅうに充ちていた。それは、すえたようなすっぱい臭いであった。花粉のように舞いおりる石灰が家々の屋根瓦を灰色に塗りかえたように、この臭気は、どこの台所をも吹く風に溶けこんでいった。

市の背後は屛風のように三方から山がかこんでいる。緑濃い濶葉樹と針葉樹が豊かに茂っていた。岬もまた黒々とした樹林である。その岬が山ふところに入江を抱えこむあたりに急傾斜な断崖が見え、裾のほうには散在した漁民部落が見えた。漁師の家はトタンや杉皮ぶきの粗末な小舎のようなもので、背中を向け合ったり、横向きになったりして、まちまちに建っていた。奇病患者の出た部落は、これらの漁民部落である。第一号患者の出た星の浦は、やはり市の地籍に含まれていた。

熊本市にある南九州大学の医学部に「水潟奇病研究班」というのが自発的にできたのは、それから半年ほどたってからのことである。星の浦部落を皮切りに増えだした患者は大学病院へ入れられ、臨床的にも病理学的にも調査は開始された。病気の原因は、駅前にある東洋化成工場の排水口に近い湾に、ドベ（海底泥土）が三メートルも沈澱しており、その中に水銀が含まれ、このドベで汚染した海水中に棲息する魚介が有毒化しているらしいことがようやくわかった。奇病患者は猫のつぎに魚をたべる。排水口付近の漁民だけが奇病にかかるというのも、その証明の材料であった。

おどろいたのは東洋化成工場側である。そんなはずはない、日本に塩化ビニールの工場はほかにもあるし、水潟市にかぎって奇病が出るというのはおかしい、だいいち、十年も昔から湾に排水しているのに、今になって病気が発生している、何か他の原因だろう、と反ばくしてきたのだ。

この対立は病因究明が解決されていないために、紛争は今もなお続いている。病人は増える一方である。四年後の昭和三十四年秋には、八十名のうち三十名が死亡するという事態になった。世間で問題にしはじめたのは、星の浦の少女ウメコが死んでから三年後のことであった。

第一章　不知火海沿岸

木田民平は、この水潟市内古幡《ふるはた》の川ぞいの地で外科医を開業していた。彼はその年四十一歳、開業してから十一年目になっていた。

木田は二百二十ccのオートバイに乗って往診に行く。くぼんだ目と小鼻のふくれた顔に愛嬌があり、どこかぶっきら棒で磊落なところのある木田は患者には受けがよかった。請われて彼は水潟市がまだ町制時代からの警察嘱託医もかねていたし、学校にも関係していた。治療も親身だと評判がよい。しかし、いくら評判がよくても町医者であるから繁栄は知れたものである。市には市立病院、工場には付属病院、その他種々の公共医療施設が整ってきだすと、木田の台所もそうぜいたくはできなかった。

二人の子供と妻静枝との四人暮らしである。よく働いた。玄関横の待合室にテレビがある。十畳の治療室には塗りかえた白壁と清潔なベッドがある。それらはすべて南向きの窓をうけて明るい。「木田外科医院」と書いた白地に黒のトタンの看板は、古幡の土手の向こうからも見えるように水潟川に沿った屋根の上に高々と掲げてあった。その看板は本線の汽車の窓からも見えたし、橋の上からも見えた。

　木田民平はその日、滝堂部落の漁夫鵜藤《うとう》治作の家へ治療にでかけた。治作とその息子は奇病にかかっている。娘も奇病だったのだが、すでに前年の春に病院で死んだ。奇病は病因がわからない上に、治療方法もわからなかった。いったんかかってしまうと、死ぬのを待つしかないのだ。彼らにとって、どうせ死ぬのならば病院にいるよりも自宅のほうが死に場所としてはよかったのだ。鵜藤治作は娘の死んだことで考えがかわり、息子の安次と二人で周囲のとめるのもきかずに病院を出てきたのであった。これが前代未聞の病魔にたいする治作の抵抗だった。しかし、漁夫である彼には畑は少ない。その上、漁業は中止状態である。収入は工場からもらった第一回の保障金と見舞金だけであった。妻のかねがつくる畑の芋が主食だった。彼女は畑仕事のあいまは看病にあたった。息子は手足が完全に不能になっている。半痴人だが、治作はまだいくらかものは言えた。ふらふらしながらでも、いくらか歩けた。そのよちよち歩きが、怪我のもとになったのだった。

　十月初めのある日、庭先の蜜柑をもごうとして、治作は踏みはずして石垣の上から顚落した。右肘を骨折する重傷を負った。

　木田は駐在所から電話をうけ、治作の治療にあたったのだが、それから今日までずうっと治療に通いつめた。奇病患者の治作に憐憫を感じたせいもあったが、別に、木田にはある興味があったのである。

それは、奇病患者を訪問してくる人間に関心をもったことである。さいきんテレビまでがこの奇病の実態を報じたり、新聞雑誌がさかんに書きはじめた。爾来、治作の家にはかなりの来客がある。治作は言語障害をおこしてはいるが、少しはしゃべれたし、それに奇病患者を代表してものを言う気骨ももっている。木田が治療している日、関西からきた四十年輩の男が、「私は三年間水潟奇病のために深山にたてこもって、特殊草根の栽培に成功しました。その球根から霊薬を発見しました。これを朝晩の御飯の上にぱらぱらとふりかけておたべください。きっと快癒されると思います」と説明した。その男は霊薬仙丹草という漢方薬を置いていった。木田は見ていて不快になった。

彼ら訪問者は、漁夫が朝飯も晩飯も喰っていると思っているらしい。この山ふところの傾斜地に米はどこで作れるのか。芋しかないのだ。麦は少しはとれる。食料の大半は芋と魚なのである。魚が主食なのである——

その日の客は少しちがっていた。茶色の背広を着た都会風の男だった。三十歳前後だろう。木田が庭先に入ると、男は縁に坐って治作の妻のかねから何か話を聞いてノートに筆記している模様だったが、木田のほうを見てすぐにやめた。遠慮深げに会釈し、そのまま辞去して行った。やせた男である。新聞社の男かな、と木田はうしろ姿を見ながら思ったが、べつに話しかけなかった。すぐ治療にかかった。

「あんひとは誰だっじゃ」

男が見えなくなってから木田は治作にたずねた。

「東京からきんさったお医者さんじゃ」

「ふーん」

木田は消毒する手をやめて道路を見返したが、もうその男の姿はなかった。

「奇病の研究ばしにおいでなさったとですすげな」

「奇病の研究を?」

木田は治療をすませた帰りに部落を上がって国道を走るとき、バスに乗る茶色の背広をみとめた。治作の家の縁先で男が木田を見た目つきは、陰鬱で、しかも光りのある目だった。


翌日、木田は、その男と崖の上の道でまた出逢った。男がオートバイの音でふりかえったのである。バスを待っているらしい。木田は車上からちらと男の目を見た。やはり陰鬱な目つきだ。昨日よりも疲労感のでた弱々しい顔つきだった。男は木田に会釈したように見えた。

「今日も、滝堂でその医者に会った」

夕食のとき、木田は妻に言った。

「東京から一人で奇病の研究にきているらしい。この病気もずいぶん有名になったもんだ」

「大学のかたですか」

「治作の話によると、東京の保健所につとめているとかいう話だ」

「じゃ、まだお若いのね」

と妻は言った。

「ひまと金のある奴にはかなわん。湯王寺《ゆおうじ》の温泉に泊まって奇病部落の実態調査らしい。奈良屋にいるとか言った」

「あんたも、たまには温泉につかりたいというんでしょ」

「そういえば、ずいぶん湯王寺にも行かんな」

そう言ってから、ごろんと横になった木田は、新聞をひろげて急に目を光らせた。

〈水潟にふたたび不穏な気配、二十日の漁民大会にダイナマイトで工場爆破説!〉

「またか……」

木田は、見出しから本文に目を転じた。

〈去る二日、水潟奇病による沿岸漁業の危機を訴えて東洋化成工場に団交を申し込み、これが拒絶にあって激怒し、暴民と化した不知火沿岸漁民代表三百名は、同工場正門で応援警官隊と激突、二十数名の負傷者をだす不祥事をひき起したが、ひきつづき今日の四日午後一時、またまた、県警本部に、漁民攻勢第二波の物騒な噂がキャッチされた。確実な情報通の語るところによると、県漁連はきたる二十日に水潟市公会堂で東洋化成工場排水停止促進大会をひらき、そのあと漁民大会のデモにうつるが、この日は漁民側より代表者を工場に送り、漁業保障と排水停止の回答を強硬に迫るものとみられる。当日もし万一、工場側が二日のごとき一方的硬化の態度に出た場合は、全漁民は天草《あまくさ》、葦北《あしきた》、八代地方より約三千の船団を組んで水潟市に上陸する。漁民のうちには、ダイナマイトを用意して工場排水口の爆破もやむなしとする過激人員も多数加わっている模様であるというもの。この情報が入るや県警本部は緊張し、境署長を中心に四日午後署長室で緊急会議をひらいた。それによると署長は非公式に漁民出の県議を招いて、二十日の大会には絶対に不穏な事態をひき起さぬよう漁民の説得方を懇望した模様である。一方、水木東洋化成工場長、樽見水潟市長、刈谷水潟警察署長とも連絡して当日約三百名の応援警官を待機させるなど、騒擾にそなえて万全の準備にとりかかる旨公表した〉

「また、ひと騒ぎおこるそうだ」

「たいへんだわね」

と妻は言った。

木田は一昨十月二日の騒動のとき、治療室に八人の血だらけの負傷者を収容していた。その中には頭を割られた漁民や、手を折られた警官もいた。木田はせまい治療室で、この両方の負傷者を治療したのであった。

「古幡の排水口が爆破されたら、うちの家も吹っ飛ばされないかしら」

「馬鹿なことを言え、石灰山のハッパぐらいで、ここまで被害はあるまい。硝子の三四枚が割れる程度だ。それよりオキシフルのストックがあったか、見ておいてくれ」


その翌日、また木田は東京のやせた男に出会った。滝堂部落だった。調査に熱心な男とみえて、治作の家に三日つづけてきていたことになる。

繃帯をまきながら、木田は治作にたずねた。

「東京のお客さまは、まだ調査がすまんのかね」

「今日はな、飴玉ばもってきて下さったとですばい」

「飴？　東京の飴かね」

「へえ」

木田は治作の右肘の油紙からはみ出たイヒチオル※をふき終ったとき、その飴の罐が縁先にあるのをみとめた。

「なるほど、栄次郎飴か」

木田はひろげた包装紙の印刷文を読むために取りあげた。と、かすかであるが香水の匂いが鼻を打った。伽羅《きやら》の匂いである。

木田は石垣の坂道を見上げた。垣根から頭だけ出して登って行く男が見えた。

※消炎・鎮痛剤の一種。

木田は急いで追いかけた。男は岬のはなのまがり角に立っている。木田を待っていたのかもしれなかった。

「奇病の実態を見られて、どう思いましたか」

木田はうしろから、勇気をだして話しかけた。

「そうですね……」

男は微笑しながら木田を見返った。眼下には不知火海と、大小の岬と、それに水潟の市街が絵のように浮かんでいる。眺望のきく場所だった。男は鼻梁のたかい横顔をみせ、じっと街を見おろしていた。昨日とくらべて、さらにいくらか憔悴《しょうすい》しているのが木田の目をとらえた。

「米の浦や、星の浦へも行きましたか」

と木田は訊いた。

「ええ、だいたい自宅患者はみな訪問させてもらいました」

喋ってみると、感じのよい男だった。

「ひどいでしょう」

「ひどいですね、東京で考えていた以上でしたよ。市立病院の専門病棟はいつ完成しますか」

「だいぶかかるようです」

木田はタバコを取りだした。それから、男を観察しはじめた。今日は紺色の上着を着ている。

昨日はたしかに薄茶色の上下服だった。病院のことなどもすでに調べたとみえる。

「どうです、一本」

憩《いこい》を半分ぬいて差しだした。

「ぼく、喫いません」

男はことわった。

「先生、やっぱり奇病の原因は工場ですね」

唐突に男が言った。くぼんだ目が光っている。その質問にひき入れられた木田は、やがて説明をはじめた。

「南のほうから、順番に湾の名前を教えましょう。百巻《ひやくけん》、角島《つのじま》、古幡、湯王寺、津奈見です。ごらんなさい、いちばんこっちの湾が百巻ですが、ほら、今、トラックの通る橋が見えませんか」

木田は男の顔に指をつけるようにして言った。白蟻のように走って行く小さなトラックを男はみとめた。木田はつづけた。

「あすこの橋の下に排水口があるんですよ。あすこへ工場は十年間も汚水を流していました。百巻湾の海底にはドベが三メートル以上は沈澱しているはずです」

「ドベと言いますと……」

「カーバイトと鉱石の滓《かす》ですよ。塩化ビニールの原料はいろいろありますが、主としてカーバイトの残滓が流れて海底にたまっているんです。海水の汚染度はひどいもんですな。ここの魚をたべると猫や人間が奇病にかかるわけですよ」

「排水口が近くなら、原因はもう証明されたようなものですね」

男は活気づいたように木田を見た。

「排水口に近い部落に患者の出たことは事実です。星の浦が最初に患者を出していますし、出《で》月《づき》、滝堂、祖道《そどう》、と順番に湾に沿うた漁民だけがかかっています」

「今では二十九名も死亡者が出ていると聞きましたが、ほんとですか」

「昭和のはじめに、浜松のアサリ中毒事件というのがありましたが、あの死亡率よりも今度は高いというから、まったくコレラ級ですね。二十九名は事実ですよ」

「百巻でなく、北のほうにも出たというのは、潮流のかげんでしょうか」

男は興味ぶかい目つきを木田に寄せた。

「それは工場が排水口を移転したからですよ。ほら、今、送電線づたいに山から不知火湾へ川が流れこむ地点が見えますね、三角になった河口の近くです、あすこを古幡ちゅうんです。あすこへこの八月から、夜になると工場側は人目を盗んで排水をはじめた。百巻へばかし流していると、奇病部落がうるさいからですね。すると、こんどは新排水口近くの古幡と船浦から患者が出たんです。やっぱり手足の末端異常と脳障害でした。このうち一人はすぐ死にましたな。いちばんひどかったのです。ほんとに猫みたいに狂い死にしました……」

「排水口を移すたびに患者の地図がかわったのなら、完全に工場が犯人じゃありませんか」

「しかし、御存じかもしれませんが、アリバイがあるんです。この犯人は目撃者がいてもアリバイがあるんですよ。つまり、工場の流すのは無機水銀です。なぜ魚の体内で有機水銀になるのかわからんのですよ。病因がはっきりわからんのに、犯人を全面的に買って出るわけにゆかないというのが工場の硬化する理由です」

「漁民の激怒する理由はよくわかりますね」

「同感です。私もわかりますよ。いま、魚が売れないので、沿岸漁業は死滅直前ですね」

木田はそう言い終ってから、珍しく興奮して喋った自分に気づき、かすかに悔いに似たものを感じた。しかし彼は、奇病の原因について自分の意見を述べ終ったあとに感ずる快感も味わっていた。

蜜柑林のはずれにやってくるバスが見えた。

「埃をあびるのがイヤですから先に行きますよ」

また会いましょう、という目つきをして木田はアクセルをふんだ。

ふり向くと、男はバスに飛びのるようにして、かるく木田に向かって会釈したようであった。

木田はスピードを出して崖道を走った。

この五日、その男を見たのが最後になった。

木田には碁仇で話相手でもある勢良《せら》富太郎という警部補がいた。水潟警察の刑事主任である。

主任といっても田舎警察のことだから走りづかいの刑事のような仕事もしていて、勢良は何かと忙しいのだ。それに、水潟警察署は、今や市ができて以来の多忙のさなかにあるといえた。二日の漁民騒動は二十数人の負傷者を出した。事態は新聞にも出ていたように不穏なものをはらんでいる。いつ、ダイマナイトで工場が襲撃されるかもしれない。工場側も話合いに応じようとしない、漁民の怒りも今や頂点にきている。騒擾があって以来、勢良の足は遠ざかっていた。刑事主任も忙しいのだと木田は思っていた。その勢良が十五日の夕刻にひょっこりたずねてきたのだ。

「忙中閑ありかね。どうだ久しぶりに一番やるか、二目《もく》の角番だったな」

木田は碁盤をもち出した。

「それどころじゃないんだ、ちょっと耳に入れたいことがあってね」

顎の角ばった勢良の顔は陽焼けして黒ずんでいる。刑事らしく目もとがきつい。今日はその目がいっそう角だって見えた。勢良は言った。

「妙な問い合わせが迷いこんできたんでね」

「問い合わせって、どういうことかね」

「東京からきた男なんだ。なんでも奇病の実態を記録しにきていたらしい。その男が行方不明になったんだよ」

木田民平は息をのんだ。

「くわしく話してくれ、おれはその男に会ってるよ。保健所の男だろ?」

勢良はびっくりして木田を睨んだ。

「どこで会ったんだ、あんたは……」

水潟警察署へ東京から照会してきた手紙は、東京都文京区富坂町二丁目十七番地に住む結城《ゆうき》郁子《いくこ》という女からの問い合わせだった。文意の大要は次のようなものである。

結城郁子の夫は宗市《そういち》といって、三十一歳になる医者である。専門は神経科で、東京の江戸山保健所に勤務している。結城宗市は、十月一日に東京を発って水潟市へ行った。約十日間の予定で水潟市近辺の漁民部落に発生している奇病の実態を見聞するためであった。宗市の目的は、奇病患者と直接会い、その病状を記録し、原因説で騒がれている東洋化成工場の排水路や、その他の事情を実際に見たいという目的であった。宗市は、それまでに、すでに南九州大学の研究班が発表している印刷物や、新聞雑誌に現われた記録などを切り抜いたり、スクラップしたりして集めていた。が、どうしても一見して来なければわからない諸点が生じ、持ち前の探査欲もあって、彼は十月一日から保健所へ休暇願を出し、十日間の休暇をもらって水潟へ行ったというのである。宗市は、二日の四時すぎに「霧島」で到着したらしい。

宗市はバスに乗って近くの湯王寺温泉に行き、奈良屋旅館に投宿した。そこを根拠にして、彼は毎日部落訪問をはじめたのである。宗市は到着してから三通のハガキを東京へ出していた。

到着の夕刻には電報も打っていた。しかし、音信は四日でとぎれた。予定の十日がきたが、音信もないばかりか、東京へは帰ってこなかった。今は十四日である。すでに二週間がすぎている。所持金二万五千円は費いはたし、滞在費も不足する時期であることは想像できるが、しかし、保健所にも、自宅にも、宗市からの何らの文通はなく、心配の色が濃くなってきた。警察で調査してほしい。もし異変が起きているならば、すぐにでも貴地へ出発するつもりである。云々。

「奈良屋旅館に問い合わせたかね」

木田は先ず訊いた。

「電話で照会してみたよ。主人が出てきて、結城宗市という人はたしかに二日に投宿して七日までいた。しかし、七日の夕刻七時ごろ宿を出たまま帰ってこない。貴重品もあずかっていることだし、身廻品も部屋に置いたままになっているが、奈良屋としては、当人が熊本へでも行って、目的が奇病の研究であるから、つい時日が過ぎているのではないかと心配はしていた、今日のうちにも警察へ届けるつもりでいたというんだ」

「妙な話だな」

「おれは叱りつけたが、電話だからしかたがない。主人は平あやまりにあやまっていたよ」

木田は聞いていて、その男は滝堂の鵜藤治作の家で会った男だとはっきりわかった。指で三日間を繰ってみた。すると、三、四、五の三日ともその結城宗市と会っていることになった。結城宗市は木田に、米の浦も星の浦も、奇病患者の家々を訪問してきたと語った。この三日のあいだに、結城宗市は滝堂だけでなく諸所を廻り歩いたわけであろう。それにしても、東京の細君の文面では、宗市から四日まではハガキをうけているらしく、宗市は七日までの三日間、ハガキを書かないで滞在していたとみねばなるまい。

宗市は、七日の夕刻に宿を出てどこへ消えたのだろう。身廻品や貴重品をそのままにしているのだから遠くへは行っていまい。奈良屋の言うとおり、熊本か、あるいはせいぜい福岡か鹿児島ぐらいではないだろうか。だが、福岡にも鹿児島にも奇病についての必要な箇所があるとは思われない。あるとすれば、熊本市の県漁連本部や、水産関係庁、南九州大学ぐらいが要点にはなるのだ。しかし、宗市がそこへ出張し、調査したとしても、二週間の日数は長すぎる。何かの事故に遭遇したとは考えられないだろうか。しかし木田は最近、水潟市近辺で、そういう事故死だとか変事にあった旅行者の話はきいてはいなかった。もちろん、勢良警部補も同様心当りはなかったのである。

「それで、あんたは、どうするんか」

木田は好奇心にかられた目もとで勢良のあつい唇を見ながらたずねた。

「おれは署長に報告したよ。署長は漁民の騒ぎ以来、頭にきている。一人ぐらいの旅行者の行方不明事件にはあまり関心がないんだよ。しかし、おれはちがう。明日の朝、さっそく湯王寺温泉へ飛んでみるつもりだ」

勢良が帰ってから、木田は滝堂部落で会った男の顔をゆっくり思いだした。その男の話しぶりは正義漢らしく、非常に熱意が感じられたと思う。木田自身もそれにつられてだいぶ喋ったのだから。あの感じでは自殺は想像できない。しかし、あの明るい崖の上の道で、海を背景にして立っていた男の顔は、初対面の木田にもどこか暗い感じを与えたことは見逃すわけにゆかなかった。すき透ったような、冷たい、しかも陰欝な目つきが気がかりだった。

第二章　保健所の男

水潟市から北へほぼ四キロほど入ったところに湯王寺温泉があった。戸数四十戸ほどしかない漁師部落だが、海べりに都会風な旅館が十軒ほど建っている。この温泉は明礬《みようばん》泉である。神経痛やリョーマチに卓効があるというので、近在からもかなり湯治客があつまってきた。江戸時代というから、湯の歴史は九州でも相当古いほうであろう。部落は旅館のほかに絵ハガキや土産物を売る二三の店が目抜きをとりまいていて、傾斜になった段々があり、褐色の石垣が美しく見え、入りくんだ湾口には島もあり、風光はよかった。

翌朝、勢良富太郎警部補はこの温泉部落のいちばん北の端にある奈良屋旅館を訪ねた。五十すぎの小柄な当主と女中の民江という三十すぎの女が応対した。民江は結城宗市が泊まった「竹の間」の係り女中である。

「まず、結城宗市が泊まっていた当時の話をしてください」

勢良はあつい唇を一文字にして不機嫌な目つきで訊いた。

「はい、学者らしいおかたで、気性は顔に似合わず明るうございました。でも、どこか神経質な点も見られました。お泊りになった夕刻のことですが、御膳に伊勢エビと鯛《たい》の刺身を出しました。『これはお湯の窓から見えた水槽のエビかね』とおっしゃいましたが、私どもは伊勢エビを水槽に飼ってお客さまにお見せしました上で召しあがって頂いております。とにかく、奇病がはやりましていらい、お客さまは魚には敏感でございますからね。『うまいエビだ』といって結城さんはみんな召しあがりました。ところが、翌日から急に、魚や貝は何もたべられないとおっしゃるとです。無理もございまっせん。奇病にかかった患者さんを見てこられたんですもん。『手足をふるわして涎を出して這いまわっている患者を見てきたら何ものどに通らない』とおっしゃいます。水潟の街でさえ、商人のおかたは今は奇病を恐れて罐詰の魚以外はたべていないという時節で、私もそれで、結城さんが気の毒になりましたので、主人に頼みまして、鹿児島の川内《せんだい》の分店から送ってまいりました霧島の鮎のはらわたをお出ししましたとです。これもおたべになりまっせんでした。結局、ご滞在中は山芋と、玉子だけしか上がらないのでございますよ。私どもは唐津《からつ》や鹿児島の沖でとれた魚をお出しして、近海の魚は出さないことにしておりますが、結城さんはいくら説明してもお上がりになりまっせんでした。神経質なかたで……」

と勢良はきいた。

「どうかな、それでは結城宗市の態度から急に自殺をするというような感じはなかったかね」

「さあ、そのようなことは思われませんでしたとです。東京の奥さまに毎日ほどハガキを出されましたし、玄関横の売店で絵ハガキをお求めになりまして、お宅の話などなさいましたが、たいへん明るい話しぶりでございましたよ」

　まもなく勢良は民江に案内されて「竹の間」に行った。この奈良屋は、新館と本館とに分れていて、「竹の間」はその中間にあり、八畳と四畳とのつづき部屋になっている。海に面して広縁が出ていた。縁から下駄をつっかけて十歩ほど歩くと波打際だった。そこはコンクリートで固めた腰高の波よけである。上にあがると、二十メートルほどの崖が落ちこんでいるのが見えた。のぞくと、巨大な岩がごろごろしている。荒波ではないが波濤が小きざみに打ち寄せていて、始終しぶきが上がっていた。

「ずいぶん危ないとこだな。ここは遠浅じゃないのか」

「はい、干潮のときは浅うございますが、満潮ですと危険でございます」

「誤って落ちた人はいませんか」

「いいえ、まだ、そぎゃんことはありまっせん」

　主人がこたえた。勢良はそのとき、崖下の水の深さを目測していた。泳ぎのできないものが落ちれば死ぬことは確かだろう。岩に摑まろうとしても、すべってひっかからない。それほど水苔がひどかった。その夕刻、結城宗市はいったん玄関を出た。深更に戻ってきた。海を見ていて踏みはずしたのではないか。すでにこの頃から勢良富太郎は、結城宗市がすでに死んでいるのではないかという疑惑をもちはじめていたのだ。

「その夜は酒をのまなかったかね」

「いいえ、夜はノートを出して勉強ばしておられて、六日間ともお酒は召しあがりまっせん」

民江がこたえた。

「結城さんの滞在中、誰か訪ねてきた人はいなかったかね」

「はい、それが……」

そのとき、民江は傍にいる主人の顔つきをうかがうように見てからこたえた。

「ございました。一人いらっしゃいましたとです」

「なに、訪問者があったのか」

勢良警部補の目が急に光った。

「なぜ、それを早く言わんのか」

「はい」

民江の目のふちが赤らんでいた。

「七日の六時すぎでしたとです。結城さんは毎日、九時に出て、奇病部落を廻って、判で押したように五時のバスでお帰りなっていましたが、その日にかぎって二十分ほどお帰りが早かったとです。御膳をひきさげたのが六時頃でしたから時間ははっきりとおぼえとります。五十すぎのクリーム色のジャンパーを着た太った背のひくい男の人が見えたとです」

「その男は、それからどうしたのか」

「玄関へきて、結城宗市さんに会いたいとおっしゃいました。『きょう街で出会ったとき打ち合わせしてあるから』といって、つかつかっと上がってこられたとです」

「ちょっと待て。その男はすでに結城宗市の部屋を知っていたのか」

「いいえ、玄関から廊下が見えます、部屋の前のスリッパが見えるとです。私が指ばさしましたら、すうーっと入って行かれましたとです」

「それから」

「三十分ほど部屋の中で何か話ばしておられましたが、まもなく帰られました」

「そのとき、あんたはお茶か何かを出さなかったのかね」

「たずねに行きましたら、よろしいと結城さんがおっしゃいました。何かこみ入った話でもあるのかと思ったものですから、そのまま下がりました」

「何か、その男の特徴はなかったかね」

「はい、かすれたようなひくい声でしたが……」

民江は活気づいて言った。

「ズボンは黒っぽい色でした」

「男が帰るとき、何も持って出なかったかね」

「はい、手ぶらでした」

「結城さんはまだ、そのときは部屋に残っていたんだな」

「はい、それから二十分ほどして、結城さんは玄関の横にある広間《ホール》へきなさったとです。私は見ませんでしたが同僚のまきさんが見ていました。どこへ行くとも言わずに、洋服を着かえておられて、ちょっと行ってくる、と言って手ぶらで出られたとです」

「そのまま帰って来なかったわけだな」

「はい」

貴重品袋をそのままあずかっているのに、十日間も放置しておいたことは手落ちも甚しい。しかし、いま、そんなことを叱りつけていてもはじまらなかった。勢良警部補は、さっそく結城の身廻品をしらべた。ボストンバッグと黒皮の鞄である。旅行者のもつ型どおりの着換えや下着類のほかには何もなかった。結城が机においていたというノートもなかった。それがまた勢良の疑惑を深めた。どこへやったのか。その夜、持って出たのだろうか。

貴重品袋から二つ折りの財布が出てきた。二万三千円入っている。これは細君からきた手紙と符合するのである。二千円は交通費などに使ったものとみてよかった。

勢良警部補は、謎の訪問者であるクリーム色のジャンパーを着た五十すぎの男にこだわらざるを得なかった。その男が宗市をおびき出したにきまっている。そうでなければ、七日にかぎって外出するはずがない。五時にはかならず帰ってきて、夕食後は机に向かってノートを整理していた結城が、散歩に出るにしては、すこし時間がおそすぎはしまいか。その男が誘い出したにきまっている——

勢良は奈良屋を出ると、十軒の旅館を虱つぶしに聞き込みを開始した。

湯王寺温泉の目抜きは二百メートルほどしかなかった。道をはさんで海べりのほうに旅館がならび、反対側には土産物屋がある。道はここだけ打ち水をしたアスファルトになっていた。土産物屋はどこの温泉でも見られるとおり、絵ハガキ、こけし、名入りタオル、人形、玩具、寄木細工、郷土民芸品などを店先の床几《しょうぎ》の上にならべて客呼びしていた。このごろは閑散な毎日だっただけに数少ない湯治客の出入りには敏感で、通行人にはすぐ目がゆくはずである。しかし、七日からはすでに十日間もすぎているためか、その夜の、男の記憶をもっているものはなかった。勢良警部補は、バス停留所の待合所をもかね、土産物屋を開いているある店に立ち寄った。七日夕刻の記憶を思いだしてもらったが、その夕刻に、奈良屋から結城宗市がバスに乗って出た記憶はないと言った。これも曖昧な返事だった。相手が六十すぎの老婆だったからでもある。もちろん、クリーム色のジャンパーを着た男も見かけていなかった。

勢良は、バスの車庫のある水潟駅前の事務所へ電話して当日の出番の女車掌にも訊ねてみた。車掌は、七日まで奈良屋に泊まっていた東京の客が奇病部落へ行くのを乗せた記憶はあるが、その夜、水潟市へ戻って行くのを乗せた記憶はないと言った。クリーム色のジャンパーを着た五十すぎの男についても同様であった。とすると、結城宗市は熊本へなど出かけていないことになるのだ。バスの車掌は、奇病でさびれてきた温泉部落へくる客には気がつくはずであった。最近は十軒の宿はお手あげの状態である。いつもヒマだ。したがってバスは満員になるということはない。その上、ここは終点でもある。山ふところのいちばん端でもあった。女車掌は毎日七時から本線の終列車まで二度往還しているが、その夜の帰り客には記憶がないとはっきり言ったのである。

勢良は失望したが、逆に疑惑はふかまった。この山の袋の中へ入ってきた五十すぎの男は、それでは、いったいどこからやってきて、どこへ消えたのだろうか。

勢良はそれから最後の旅館宇津美荘をたずねた。ここは崖の上にできた新しい宿で、湯王寺では三流である。旅館街から離れた松林の中にぽつんと建っていた。この宿に、東京からきたという二人の男が泊まっていた。そう言われて、勢良はちょっと目を光らせたが、どうやら目的の男とはちがっているようであった。ジャンパーにも、黒いズボンにも、この客は関係はなかった。二人の男は、東京の北都大学の工学部教授とその助手だったからである。だが、教授のほうは五十二歳という年齢が似ていた。体つきが太っているという点も符合していた。しかし、大学教授だということは、どこか労働者風に見えたという該当者と遠い感じである。

「何日に引きはらったかね」

「はい、二十八日にいらっしゃって八日の朝出発でした」

小柄で頭のはげ上がった主人がこたえた。八日は、結城の失踪した翌日ではないか。

「何しにきていたのかね」

「何でも、不知火海の奇病に関心をよせていらっしゃいました。騒がれている東洋化成の工場排水で、海の水が汚れているのを、試験して調べてみるのだとおっしゃってました。『水質分析』だと言われました。毎日、船に乗って海へ出かけておいでてございましたが、今回は下検分の程度で、来春には大々的に分析試験をやってみるとおっしゃいまして……」

「奇病の原因の海水分析かね」

勢良はますます疑惑から遠ざかるのをおぼえた。

「さようでございます。先生のほうは工学博士浦野幸彦とおっしゃいますし、助手のおかたは錦織《にしきおり》季夫とおっしゃいました」

「ふとった人だと言ったね」

「さようです。体格はずんぐりしておられましたな。何でも、工場側や新聞社にも知られないように秘密に分析したい、この分析はなかなか独自の立場でやるのがむずかしい、費用もかかるがしかたがない、奇病の根幹を見つけだす一助にでもなれば幸いですとおっしゃって、二人が泊まっていることをあまり口外しないようにと口どめなさいましたとです」

「ちょっと宿帳を見せてくれんか」

勢良は主人の差しだしたうすい短冊型の和紙の上に、エンピツで走り書きしてある草書体の達筆な字を見つめた。工学博士浦野幸彦、助手錦織季夫。住所は一人分だけ書かれ、それは博士の住所らしかったが、東京都世田谷区松原町四四五番地としてある。

「この字は、どっちが書いたかね」

「さあ」

主人は女中をよんだ。係りの女中らしい三十すぎの太った背のひくい女が出てきてこたえた。

「若いお客さまのほうが書かれました」

「七日の夜に、博士はどこへも出かけなかったかね」

女中は首をかしげたが、しばらくして、

「お二人ともお部屋にいらっしゃったようです。書きものばしていらっしゃいましたよ。ノートやら原稿用紙を出して」

「ノート？」

「はい」

「その夕刻、よそから誰か博士を訪ねてきたものはなかったかね」

「はい、ございまっせんでした」

女中は不審げに勢良を見ながらこたえた。

「海水を見に行くときには、ジャンパーを着て行かなかったかね」

「いいえ、先生は鼠色の背広で、若いほうのかたは紺色のカーディガンでした」

「つぎの行先はどこことも言って行かなかったのだな」

「東京へ帰るとおっしゃってました」

「その博士の声を思いだしてください」

勢良は肝心のことを忘れていたのに気づいて訊いた。

「そうですね、わりあい、はっきりしておりましたね。東京弁で……」

かなり急な坂になった石ころ道を勢良富太郎は歩いて行った。陽ざかりの南九州はまだ暑い。坂の途中で汗をふいた。石ころ坂は両側が石垣である。その石垣はみな褐色に汚れていた。勢良は事件の不可解さに汗ばんだ顔をゆがめた。遠く眼下にみえる湾の水が青紺に光っている。しばらくぼんやり眺めていた。

〈工学博士は結城の失踪と関係があるんだろうか。しかし、まったく関係がないとは言いきれないな。どちらも奇病の研究という糸がある……〉


その日の夕方、勢良は木田医院のドアを押した。

「疑惑が晴れたか」

診察室に入ると木田は先ずそう言った。

「まあ、聞いてくれ」

勢良は湯王寺温泉でしらべた一切を話し、そのあとで、

「おかしいと思わないか。七日の夜のバスでは誰も温泉から出ていない。ジャンパーを着た五十男など見たこともないというんだよ」

「駅前のハイヤーをたずねたかね」

「今、ここへくる途中、駅前によってみんな聞き込んできた」

「奈良屋へその男が入ってきたのが事実なら、足があったはずだぜ、幽霊みたいな話じゃないか、まるで」

木田は疲れのでた勢良富太郎の黒ずんだ顔を憐れむように見つめた。

「どうだ、いっそのこと署長に報告してみたら」

「署長に?」

「ああ、そうか」

木田はそう言って黙った。がすぐ、

「崖の上の旅館は何といったかね」

とたずねた。

「宇津美荘だ」

「そこで十日間も水質検査の下調べをしていたという先生は本物かな」

「なんと?」

勢良は木田の猜疑にみちた視線を真っ向からにらんだ。

「宿の話だからまちがいはないはずだ。偽証はせんじゃろ」

「この春、東京R大学の堂間博士が工場の近くで一カ月ほど水質試験をしたのを知っているかね」

「知ってる。あれは四月はじめだったよ、通産省からの依頼じゃなかったのか。たぶん、あれと似たものじゃないのかな、こんども」

「事実ならそうだろうな。堂間博士はその後、東京で発表した。奇病の原因が有機水銀だという南九州大医学部の研究発表と真っ向から対立したことになった。学者だから意見の喰いちがいがあっていいわけだが、われわれがみても、この対立はちょっとおかしな点がある」

「というと……詳しく教えてくれないかね。どうも有機水銀だとか無機水銀だとか、専門外のおれにはわかりにくいんでね」

「つまり南九州大側は、奇病の原因は、工場の排水を含んだ海水中に棲んでいる魚介類が有毒化しているというんだな。これをたべた鴉《からす》や猫や人間が、水銀をのんだ状況と酷似した脳障害を起し、前代未聞の病気にかかるという説なんだ。南九州大はこの奇病に名前のつけようがなくて、『水潟湾に棲息する魚介類を多量摂取することによって起る食中毒』というような長たらしい名前をつけているほどだ。ところが、工場側は、排水に含まれた水銀は無機水銀である、それがどうして魚介を媒介する途中で有機水銀になるのか説明してくれ、とひらき直るわけだ。この説明は、まだ大学側ではできていない。原因が学術的に究明されてもいないのに、奇病の犯人を全面的に買って出るわけにはゆかないというんだ。漁師との衝突はここからきているわけだよ。そこへ向けて、R大の堂間博士の説が生まれたわけだ。つまり博士は、不知火海の水は、それほど水銀を含んでいない。魚介が有毒体となるのは、工場排水のためでなくて、もっとほかの理由があるのじゃないかというわけだ。しかし、南九州大学のある学者は、すでに水潟湾には六百トンの水銀が沈澱しているとさえ発表している。同じ研究でも、これだけ違うわけだな」

「へーえ、水銀は高価なものじゃないのかね」

「高価だよ」

「そんなものを六百トンも捨てている今どきの工場があるのかね」

勢良は興味ありげにタバコを取りだした。

「事実だからしようがない。工場もこの点、病原の有無にかかわらず排水還元処理の設備にとりかかることになったらしい。しかし、海を汚してしまったあとだから、奇病にからむ問題としては泥縄の感がなくもないんだが……」

「ところで水銀でなかったら、ほかに何があるのかね」

「工場側の言うところでは、あんたはまだここへきて日が浅いから知らないだろうが、古木島《こき》の向こうの長島に戦時中航空廠があった。そこの爆弾を海に埋めたというんだが、これはどうも、でたらめだったことがわかった」

「工場はいい加減なことを言ったわけか」

「塩化ビニールの工場は、日本海辺にもそのほかにも数多くある。が、どこにも水潟のような奇病は起っていないというのも事実だ。反証として、そんないろいろな例もあげているわけだ」

「それじゃ、湯王寺に泊まっていた北都大学の浦野博士は、どっち側につくのかね」

「はじめて聞く名だから、わからんね。しかし宿の主人に内証にしておいてくれとたのんだのは、前回の堂間博士の研究は工場側に踊らされているというような妙な噂もとんでいるので、厳正中立の立場を保持したいために、その博士は予防線を張ったとみえるね」

「それでわかった。博士たちは、独自で研究にきたわけだ。道理で十日間、毎晩ノートと首っぴきだったそうだ」

「水質を調べるって、どこで調べたのかな」

木田は眉をひそめた。が、すぐ言葉をつづけた。

「気にかかることがあるよ。宿帳の署名だ。自分の名前を書くのに、わざわざ工学博士と自分で書くものがいるかね。おれも十年前に博士号をもらっているが、まだ自分で医学博士と署名した経験がない。屋根の上の看板に書いているぐらいのもんだ」

「そのことはおれも変に思った。で、誰が書いたかたずねたんだ」

「そしたら」

「助手だ」

「助手が?」

そう言っただけで木田民平は黙ってしまった。そのまま治療室の白壁を睨んでいた。やがて、木田がぽつんと言った。

「疑惑は残るね」

「呼び出した男はその博士なんか、やっぱり」

勢良は急に目をかがやかした。

「うん。だいいち、あすこはバスも道路も終点だ。こっちへ帰れても向こうへは行けない。袋の中だ。しかし、結城宗市はどこへ消えたんだろ。誰も見かけていないのだ。結城は変装して出たのじゃないかな」

「なにッ」

勢良富太郎の角ばった顎がぎくッと動いた。

「結城が変装したというのか？」

「そうとしか思えんじゃないか。バスの車掌の証言はあたっているだろう。博士たちは東京へ帰るために堂々とバスに乗って出たわけだね。これはちゃんと背広を着て乗ったわけだ。しかし、ジャンパーは鞄の中に持っていたかもしれないね。結城はそのあとでバスか、あるいはハイヤーで水潟へ出たんだ」

「結城が変装して湯王寺を出るのはおかしいじゃないか。だって、身廻品も何もかも置いているんだ、それに体をかくす必要がどこにある？」

「それが問題だな。もしそうでない場合、どこかへ結城は消えたんだ。たぶん、結城は死んでるかもしれん」

「場所は？」

「あの黒い海だよ、崖の多い……」

翌十七日の朝、勢良富太郎は東京へ二通の手紙を書いた。一通は、問い合わせの書信をよこした結城郁子への返事である。もう一通は、東京の富坂警察署長にあてた調査依頼状であった。東京北都大学に工学博士浦野幸彦と助手錦織季夫が在職しているや否やの問い合わせである。この返事を電報でくれるようにと勢良は書き添えた。

第三章　伽羅の香

勢良のやってきた翌日、木田民平は午前中の外来患者を治療し終ると、オートバイを駆って滝堂部落の治作をたずねた。

木田の応急処置で治作の傷口は化膿せずにすんだ。しかし、ホルムガーゼは代えてやらねばならなかった。木田が治作の家へ行くのにスピードを出したのは、治療よりも治作の口から、もっと詳しく結城宗市について聞いてみる必要があったからである。

だが、木田が訊ねても治作と妻のかねの答えには別に新しいことはなかった。結城がここへきているときに、クリーム色のジャンパーを着た男と出会ったかどうかも期待していたのだが、治作の家へそんな男はきていなかった。

「ここで結城先生の来とんなさったときお会いなさったのは、木田先生、あなただけですとばい」

とかねが言った。木田は思わず苦笑した。この調子なら、結城宗市が訪問したであろう奇病患者の家を、ぜんぶ廻ってみなければならないことになる。

しかし、木田はそれを決行してみようと思った。結城の歩いた道は、だいたいわかっている。

それは奇病の発生した部落ばかりだ。そこで結城はジャンパーを着た男に遭遇したのであろう。その男は街で会ったと説明して奈良屋の玄関を上がったそうだ。結城が街で男と行を共にしていたとしても、その男と会ったのは奇病部落か、それとも途中のバスか、水潟の市中か、どちらかであろう。そうだ、自分でさえ、崖の上で結城に近づいたではないか。あんなふうにささやきかけた自分のような誰かがいたのだ。

木田は治作の繃帯《ほうたい》を代え終ったとき、ふと、縁先に栄次郎飴の空罐がころがっているのをみとめた。木田は五日の日、包装紙の印刷文を読んでいた。その包装紙から、ぷうんと匂ってくる伽羅の匂いをかいだのを思いだした。

「この空罐を包んできた紙があっただろう、あれ、どうしたかね」

「さあてな」

治作は不審な目つきをした。かねが思いだしたように奥へ入った。すぐ出てきた。

「ありましたとです、先生、こんなもんば何にしなさっとですか」

「その紙をくれないかね。空罐もほしいな。安次がおもちゃにしているのだったら、うちから、エキホスのもっと大きい立派な罐をもってきてやるよ」

治作とかねは笑った。木田はポケットに入れしなに包装紙の匂いをかいでみた。失望した。香水の伽羅の匂いはなかった。が、木田の目はみるみる輝きだした。

〈香りが抜けている。すると、香水の移り香が包装紙についていたと考えていい。移り香は時日がたてば消えてしまう。あの日の前日か、それとも前々日まで、香水のある場所にその飴はおいてあったとみていい……結城宗市は男性である。香水をつかうだろうか。いや。すると、前々日頃に、誰か女と逢っていたのではないか〉

木田は、ふたたび、あの崖の上で結城と会った三日間の記憶を思いうかべた。日がたつごとに、結城の顔が力なくひ弱そうに見え、目がすき透り、陰欝な光りをたたえていたことを見たはずである。ところが、木田が奇病の発生経路を話したとき、結城は、まるで人がちがったように活気づいて質問してきたのだ。

〈あの顔色の変化、彼の憔悴した心の裏に女がいたかもしれない。女がいるとしたら、それは誰だろう。水潟へきて逢った女か、それとも東京からついてきた女なのか……かならず香水の持主がいたはずである〉

木田のあぐらをかいた鼻が大きく動いた。

「お前、香水もってるか」

その夜、木田は妻にきいた。

「香水？　おかしな人ね。あんた、あたしに香水なんか買ってくれたことあったかしら」

妻の静枝はそのとき、洗濯した繃帯の山をときほぐし、廊下の端にわたした針金にかけていた。

「そうね、むかしのならあったかもしれないわね。何にするんですか」

「少しでよろしい。ちょっと実験してみたいんだ」

木田は、妻の探しだしてきた拇指大の透明な小瓶の底にたまっている黄色い液体を振った。

「ついでに、ハンカチを貸してくれ」

ハンカチにそれをしませた。木田は包装紙とハンカチを密着させて枕の横に置いて寝た。

「おい、あしたの朝まで、こいつを蹴っとばしたら承知しないぞ」


この実験はある事実を教えた。移り香は翌朝から夕刻まであり、七時ごろには消えた。すると、あの栄次郎飴は前夜香水と一緒にあったとみなければならない。その前夜は四日である。奈良屋の結城の泊まった「竹の間」ではなかろうか。

〈話はおかしくなってくる。結城宗市は女を奈良屋へよんでいないのだ。どこから女をよびよせたのだろう。どうして、飴の罐をそのそばに置いていたのか。飴は東京の老舗《しにせ》で誇る店の飴である。すると、結城の鞄の中には、すでに東京から細君の香水が入っていたか、あるいは細君のハンカチがあったかもしれない……〉

木田はさっそく勢良警部補に電話をかけた。勢良は折よく署にいた。

「奈良屋で、身廻品をしらべたと言ったな」

「うん」

「そのとき、香水のようなもんか、女もちのハンカチか、何か香水のついたものに気がつかなかったか」

「そんなもんはなかったな、男の持物ばかりだった。猿又やワイシャツや洗面道具だったよ。バッグをひっくりかえしてみたから間違いはないよ。何をまた変なことをきくんだ」

木田が何か言いたそうに思われたので勢良はつづけて言った。

「こっちはまたえらい地獄耳だなとびっくりしたよ。いま、そっちへ行こうと思ってたんだ。東京から電報がきたんだよ」

勢良の声は上ずっている。

「富坂署か」

「そうだ。おどろいたよ。『ホクトダイガクニ、ウラノモニシキオリモナシ、コウガクハカセメイボニモナシ、マタ、セタガヤノガイトウジューショニモミアタラズ、アトフミ』とある。とにかく、そっちへ行くよ」

木田の受話器を置く左の手が奇病患者のようにふるえていた。

湯王寺温泉の宇津美荘に泊まっていた教授と助手の二人は、北都大学に関係しないばかりでなく、偽名とでたらめの住所を書いた偽博士であるとしたら、これは奇妙なことである。

木田は目の色をかえて飛んできた勢良をむかえると、まず、表に置いた車をガラス越しに見てきいた。

「ジープか」

「そうだ」

「そいつにおれも乗っけてくれ。話は湯王寺へ行く途中でもできる。とにかく宇津美荘へ飛ぼう」

すでに外は暗かった。二人を乗せたジープは、飴色の幌をぱたぱた音たてながら水潟川の土堤を矢のように走った。

「おい、どういうことになるんだ」

勢良がまず木田の耳へ口をつけるようにして言った。石ころ道なので車輪の音がひどい。

「偽者だとしたら、ずいぶん計画的に潜伏したんだな。しかし考えてみると、これはなかなか巧妙に盲点を衝いている」

勢良はまた木田の耳先に口をもってきた。

「おれは半信半疑だ。どういう目的で潜伏していたにせよ、奇病の原因である海水分析がネタだぜ。女中も言っていたが、毎晩、机に向かってノートと首っぴきだったそうだ」

「だまそうと思えば、そんな芸当もやらねばならんよ。なに、机に向かうぐらいはたやすいこった。うまく考えた奴らだな……嘘の博士と助手は試験管に水を汲んで宿へもって帰ったかもしれん。下検分だからそれでもいいわけだ。宿の無知な主人や女中をだますにはいちばんいい方法だな」

「しかし、誰かが噂をきいて、博士に会いたいといってきたらどうするかね、すぐバレてしまうじゃないか」

「だから、秘密にやらねばならないということを重々主人に前もって言っておいたわけだ」

「なるほど」

「あんたは外国のえらい作家が言った言葉を知っているかい。木の葉をかくすには森の中がいい、森がなければ、森をつくるまでのことだ、というような意味だよ」

「すると、湯王寺が森なのか」

「そうだ、湯王寺は盲点なのさ。だいいち、警察署長は奇病対策会議と漁民の暴動ばかりに目をひからせて、ほかのことは度忘れしたように気にもかけない。いちばん緊張している警察ほど、またいちばん油断をしている警察はないということだ。ここを衝いたわけだ。混乱の街へきて、混乱の静けさを利用したんだ」

「潜伏する目的は何だろう」

「それは犯罪に関係していることは確かだ。しかも、この犯罪には相当の背後があるね。詭計がすぐれているし、智能が高い。たぶん奴らは船と関係があるよ」

「船？」

勢良は、木田の推理がずいぶん飛躍するな、といった目つきできいた。

「そうじゃないか。宇津美荘の主人は、彼らが毎朝九時ごろ宿を出て、湾に船を出し、五時ごろに帰ってくるのを日課にしていたと言ったろう」

「すると、海で何かしたのか」

「海はあんたも知っているとおり、すでに死んでいる。水潟の海には、昔のように漁師の舟は一隻もない。海には死にかけた魚がうようよしているだけだ」

「何の目的だ」

「勿体ぶってはいても、魚や水質を調べることが目的ではなかったはずだよ。ひょっとしたら、これは奇病とは全く別のことをたくらんでいたかもしれないね。飛躍するようだが、水質試験の検分だと称して彼らはひそかに沖へ出たかもしれんね」

「沖へ？」

「そうだ、あるいは天草の向こう側だ。死んだ海に用はないはずだし、内海に船をうかべておればすぐわかってしまう。海上保安庁も、今は沿岸漁業の密漁船を見張る巡視船を減らしているはずだから、彼らは、その虚を衝いて沖へ出たんだ」

「沖で何をしたんだ」

「おれにもわからん。そうとでも思うしか偽博士を名のって海へ出る目的がわからんじゃないか」

勢良富太郎の目は餌を盗まれたセパードのように怒りをうかべていた。それは、うす暗いジープの幌の中でもわかった。

「よし、とにかく宇津美荘へ行って、どこの船に乗っていたかきくことだ」

勢良はもどかしそうに言った。

ジープは坂道にかかっている。木田は幌のあいだから、崖にさしかかる前方の白い勾配の夜道を睨んでいた。海は岬の向こうで黒く板を敷いたように動かなかった。

〈その偽博士の潜伏者と結城宗市は、どこで交叉しているのだろうか……〉

木田は考えていた。その糸の上に女を嗅いでいたのである。香水の主、その女はどこに潜伏しているのか。奈良屋を訪ねてきた五十すぎのジャンパーの男は、偽博士を名のった浦野幸彦の変装であろうか。十中八九まで、それはあたっているように思われた。

〈浦野幸彦が現われて、結城宗市と何か話した。三十分の会談ののち、浦野は先に帰り、結城はそのあとを追った。そこで何かが起きた。結城は殺されたのか……浦野幸彦は翌朝、博士の姿で何くわぬ顔をして助手とともにバスに乗ったのだ。仕事は終ったのである。彼らは東京へ帰る。それとも、どこかへ消えたのだ。駅へ出れば鹿児島本線が待っている。列車に入れば仮面をぬぐ。それでもうしめたものではないか〉

木田は重苦しい空想をまじえながら推理の糸をたぐりつづけた。

〈結城宗市は女を知った。四日の夜である。あるいは四日のひるでもいい。香水の残り香が適合する時間にである。この女が、偽博士たち二人の線を結んだのだ。その女がどこから現われたか。湯王寺の女は芸者ぐらいしかいない……〉

「湯王寺の芸者は、いま何人位いるかね」

突然、木田は勢良の耳に口をつけて大声できいた。

「妙なことをきくな。このあいだ防犯協会の連中と宴会をやったとき、芸者は四人きた。まだほかに六七人いるはずだ」

「十人もの芸者はどこにいるんだ」

「置屋さ。だいたい、あすこの置屋は土産物屋だとか雑貨屋を兼業しているよ」

「奇病のために温泉客は少ないといったな」

「宿はお手あげだから、芸者もヒマだろう。たまに東洋化成が東京の連中とかお得意をよんで宴会をやるぐらいだ。しかし、今じゃ化成もお客が食べ物に敏感なんで、魚の喰える人吉《ひとよし》か霧島へ招待するそうだ」

「湯王寺温泉も東洋化成から見はなされたのかね」

「それはそうだ。罐詰料理ばかり喰わされて温泉でもないだろう」

「なるほど」

木田は気づいた。土産物屋に芸者がいる。ヒマな連中だから湯治客の出入りは窓から数をかぞえてまで見るはずだ。その芸者が、長滞在の結城宗市か浦野幸彦、錦織季夫に気づかぬはずがあるまい。浦野たちは芸者を寄せつけなかったにしても、結城宗市はわからないではないか。

〈勢良君、君の目にも、一つだけ見落しがあったぞ〉

ジープは岬を曲がった。

宇津美荘を訊問した結果は、勢良警部補が最初に聞き込んだことに加える新事実はあまりなかった。しかし、この二人の男たちが、非常に来客を気にしていたという事実があった。また、彼らの口から、一二度「津奈見」という村落の名前が出た事実もわかった。津奈見村は、水潟市から北へ七キロほど入った地点にあるかなり大きな村だ。急行は停車しないが本線の駅もあった。この津奈見村は、漁業の中心村であり、最近新しい奇病患者が出た。彼らはここで船を借りたのかもしれない。木田は頭のはげ上がった主人にたずねた。

「船を借りたのは、どの家かわからんかね」

「さあ、知りまっせんな」

「毎日、どこへ出かけるとも言わなかったですね」

「へえ、津奈見とおっしゃったようにも思えるんですが、何せ信用しておりましたから、気にいたしませんでした」

「ところで、あんたのところへ、その東京の客が滞在中に芸者をよばなかったかね」

「そのお客さんがですか……」

「もちろんだ」

「ありまっせん。ただ、東洋化成のお客さんがおよびになりました」

「化成?　それはいつ?」

「四日の日でござした」

「何という芸者がきたかね」

「染七と蘭子です」

木田はその名前を頭にきざみこんだ。

「東洋化成は、あんたの宿も利用するのですか」

「さようで。うちのような離れたところでも、ごひいきにしてくださって……」

主人はペコリと頭をさげた。化成工場は、接待客を不景気な十軒の旅館によろしく分配しているのであろう。それはうなずけることであった。

木田は宇津美荘を出ると、勢良と一緒に奈良屋に行った。主人と女中の民江が出てきた。

「結城さんの身廻品をもう一度見せてください」

木田は勢良の不審がるのをよそに性急に言った。

民江がすぐボストンバッグと黒鞄をもって出てきた。木田は板の間にさらけだして徹底的に調べてみた。紺の上着はあった。茶色のほうを結城は着て出たのであろう。目的の香水もハンカチもなかった。木田は、猿又やワイシャツの着換えに鼻をつけて嗅いだ。目的の香はなかった。

「妙なことをするね」

傍で勢良が笑った。木田は民江にきいた。

「結城さんが飴の罐をもっていたのに気づかなかったかね」

「飴ですか?」

「栄次郎飴という赤い罐入りのものだ。白に赤と青の模様で印刷した包装紙があったが……」

「さあ」

「まあいい。それで、二日から七日の間に、誰か女の人が訪ねてこなかったかね」

「結城さんに女の人が……さあ知りまっせんね」

「それではその期間に、ほかの客が泊まっていたでしょう」

「はい、新館に東洋化成のお客さまがお泊まりでした」

「どういう年輩の人かね」

木田の目が光りをおび、民江の顔をじっと見つめた。

「東京のお客さまですよ」

「東京の？」

「そうです。工場の秘書課から電話がありまして、あれは四日の日でしたと、何でも今度、化成の工場に耐火煉瓦の部門が新設されるそうで、只今、水潟川の河口に工事中だとか……そのほうの土木の関係だとかおっしゃって、重役さんらしい四十四五位の人と、三十七八の技師のかたでしたが……」

「何日間泊まりましたか、二人は」

「七日まででした。四日間もお泊まりになったので記憶しています」

「その人たちは、ここから水潟へ毎日出ましたね。そのときバスに乗りましたか」

「いいえ、工場からのお車でした」

木田は民江の顔をなおも見つめながら訊いた。

「そのお客さんは、芸者をよびましたか」

民江は特徴のある受け口の下唇をほころばせた。が、すぐまた元の顔になった。

「はい、四日間ともおよびになりました」

「誰です、その芸者は」

「染七さんと、蘭子さん……竹子さんでした」

民江は思いだすように時間をかけてよみあげた。

「そのとき結城さんが、芸者と廊下で会うとか、何か話をしていたのを目撃しませんでしたか」

民江はちょっと考えるように首をかしげた。

「そうですね、ピンポンをよく芸者さんがするとです。そんときに、結城さんもいなはったような気がしますとですが」

木田は微笑して勢良のほうを向いた。

「勢良君、折角ここまできたんだ、湯へ入って帰らないかね」

勢良富太郎はちょっとしぶるような顔つきになった。

「どうぞ」

民江は微笑して言った。

「職務上の必要からだ、おれは共同風呂が見てみたいんだよ」

木田はぽつんとそう言うと、先に歩きだした。勢良もしぶしぶついて行った。

共同風呂はかなり広く、海際にせり出していた。岸に沿うて一枚硝子の窓がとられている。窓に面して細長い湯舟がある。大きな伊勢エビが壁面にとまっていた。陶器製の模造品である。赤褐色の伊勢エビは口から湯をはき出していた。湯口は一杯になった湯舟へ滝のように熱湯を落している。白い湯気が、あけた窓を走るように抜け、海の青の中に染まっては消えて行った。

首までつかりながら、木田は、顔の横へ前をかくし湯舟をまたいで足を突っこんできた勢良に言った。

「今日はヒマなようだね。どこで聞いても相客は化成の客ばかりだった。人吉や霧島へも接待はするが、ここへもまだ配分しているわけだなあ」

「そういうことだな。奇病で魚が喰えんからといって、そうムゲにはできんからな。この温泉には化成はだいぶ厄介になってるはずだ」

「持ちつ持たれつというとこかな。いわば化成のベッドルームだ……ところで、宴会で染七と蘭子をあげたことがあるかね」

「うん、あんまりいい女じゃないな、二流どころだ」

勢良は湯舟を上がりながらそう言った。

「へーえ、二流どころをよんだのか。宇津美荘にも二人がよばれていたんだぜ、たまの客なのに一流どころはどうしたんかな」

「日奈久《ひなぐ》温泉にでも枕をかかえて遠征だろう」

「なるほどな……その染七と蘭子に帰りに会わせてくれ」

「なんだと?」

「宇津美荘と奈良屋を結ぶ女は、この二人しかないからだよ」

木田は桶に水を汲みあげ、腰かけに坐った。瞬間、木田ははッとした。足の裏に何か金属が刺さったのである。黒いビン止めであった。それを拾いあげた木田は何かを考えるような面持だった。

〈染七も蘭子も、この風呂に入ったかもしれない。結城がその場に居合わせても不思議ではない。どちらかが、長滞在の珍客に話しかける。結城は蒼白い顔を紅潮させて何か喋る。湯の中である。何かの会話がはずんでも不思議ではない……これは宇津美荘でも言えることだ。博士と助手が夜おそく入る。共同風呂だから、染七か蘭子がいてもいい。このときは、どちらか一人のほうがいい。芸者は酔っている。横になる。湯気が濃霧のように女の体をつつむ。あとへ入ってきた二人は湯気の中の女に気づかない。何か喋りだす。「どうだ、ぼつぼつ引きあげどきだな」「いつまでも偽博士は気苦労だね」「早くけりをつけなきゃ」芸者がむくむくと立ち上がる。二人はギョッとなる……〉

この推理から木田はわれに返った。

〈これは、ちょっと思いすぎかな。しかし、どこから香水が出てくる？　宇津美荘と奈良屋を結ぶ線は、この芸者以外にはない気がする……〉

このとき、勢良が湯舟のわきに寝ころんで五ツ木の子守唄をうたいだした。

〈この万年警部補め！　のんきな男だ……〉

木田は大声で、勢良にもう上がろうと言った。その声で湯気が割れた。

奈良屋の帰りに木田民平は染七と蘭子の置屋に立ち寄った。二人とも「松島屋」という土産物屋の二階にいたが、染七のほうは歩合《ぶあい》制で、蘭子のほうは相当まだ借金が残っていることがわかった。しかも、その蘭子のほうが不在であった。木田は四十六七のおかみにたずねた。

「どこへ行ったのかね」

「それがね、八日の朝から熊本へ行くと言って出たまんま帰ってこないんですよ」

「八日の朝？」

木田は愕然とした。

〈あまりにも符合しすぎる。何かが嘘だ……〉

第四章　失踪船黒久丸

日ごろから、木田民平の推理癖には勢良警部補も一目おいていた。しかし、木田は勢良のように探偵業ではない。外科医という職業があった。彼はその翌日の十九日、そのことを思い知らされるほどの外来患者をうけた。

血みどろの若者たち三人が、夜あけの五時ごろ木田外科医院とかいたスリ硝子の玄関のドアをたたいた。

木田は寝ぼけた顔で応対に出てびっくりした。シャツ一枚の二十一二の男の袖がちぎれている。上着をきた二十四五の男は、胸から横腹にかけて血のかたまりだった。もう一人は頭を割られたとみえ、玄関わきのタタキに坐ってうつぶしていた。木田は妻を起した。たいがいの怪我人ではおどろく木田ではなかったが、喧嘩らしいことがわかると腹が立ってきて仕方なかった。

「いい年をして……どこでやったんだ」

「工場の労組の奴らとです」

「ふーん」

頭を割られた傷のいちばんひどい男は目に涙をためている。

「そぎゃんでっしょう先生、あれは御用組合でっしょうが」

若者はとぎれとぎれにつづけた。

「組合といったって……あれは……先生、工場の味方でっしょう……資本家側の組合でっしょうが……」

「どこで、やったんだ」

「栄町です」

「君たちはどこのもんか」

「米の浦から呑みにきたとです」

喧嘩のいきさつを簡単に記すと——米の浦は滝堂の先の海岸にある漁師村だが、若者たちは漁夫ではなかった。沿岸漁業が不景気になっていらい、水潟市へきてトラックの上乗りをやっているという。給料を貰ったその夜、市の盛り場で安ウィスキーをのみ、そのうちの一軒で化成工業の職工と衝突したのだった。

「化成労組の藤崎だ」

相手は言ったそうだ。近在の次男坊や三男坊は化成就職を夢にみるほど工場の待遇はいい。しかし、職員組合は、工場排水の影響で困っている漁民の疲弊には無関心だったのである。

「腰抜け組合員め！」

若者たちが反感をおぼえたのは道理と言えた。瓶が飛び、椅子が投げられた。相手は四人いた。七人が大暴れをしたのである。二十分ほどの乱闘ののち、三人が気づいてみると、相手は逃げていた。すでに夜が明けかけている。三人は傷口を手でおさえて土堤へのぼった。屋根の上の「木田外科医院」とした看板が見えた——

「馬鹿な奴らだ」

木田はそう言って三人を眺めた。

そのとき電話のベルが鳴り、静枝が出た。

「警察からですよ」

静枝がそう言うと、三人の若者はシュンとなった。木田は微笑しながら受話器をとった。

「今日の計画だがね」

威勢のいい勢良の声だ。

「津奈見村の漁師が誰か、芸者の蘭子がどこへ消えたか、この二つを徹底的に洗ってみるよ」

「あの二人は、津奈見村からたしかに船を借りているはずだ。それから蘭子だが、熊本へ電話依頼したらどうか」

「それは、もう手配ずみだ」

と勢良は言ってから、

「あんたに頼みがあるんだが、今日はヒマかね」

「ヒマどころか、朝早くから喧嘩をした奴が三人ころげこんできてね、今ようやく応急処置で血止めをしたところだ」

「喧嘩？」

「そうだ」

「また喧嘩かい。商売繁昌で結構な話だ。おれは今日は喧嘩の取調べどころじゃない、津奈見村だ。頼みというのは、東京から電報がきているんだよ」

「………」

「結城宗市の細君からだ、今日の四時の『霧島』で水潟に着くらしい。署長宛にきているが、このとおり忙しいんだ、すまんが会ってくれんか」

木田は即答した。

「よし、おれが迎えに行こう。うちへつれてくるよ」

電話を切って木田が治療室へ入ると、妙なことが起きていた。怪我をした若者のうちの一人で、静枝に三角巾で左腕を吊ってもらった二十一二の小柄な男が急にわめきだしたのだ。

「しもうた、財布がねえ。たしかにあの店を出るときにポケットを見たはずばってん」

二人が同音に言った。

「よく探せよ。お前、来る途中で落したんじゃなかとか」

「おかしかな」

また小柄な男が言った。

外は明るかった。道は白く光っている。小柄な若者は泣きだしそうな顔つきで玄関を出た。そこらあたりを探すらしい。そして、まぶしそうな目もとで、夜明けに歩いてきた道をうつむいて歩きだした。

「ここが突きあたりだ。こっちからきたんだから、途中に落したんだ。上着をひきずったもんけ」

若者の言うのがきこえた。二人の男は待合室の窓から、それを見ている。落した男は小さくなるほど道を向こうまで探しに行ったが、やがて戻ってくるのが見えた。断念したらしい。

「なからしいな。どげな財布だった?」

待合室の一人が言った。

「奴のは茶色だよ、汚ない古いやつだ。いくら入っていたんだ」

若者は玄関へきてからもなお落胆した顔つきを土堤のほうへ向けていた。と、急に大声に叫んだ。

「あ、あすこにあった!」

木田は見た。二人の同僚もそのほうを見た。若者が土堤を馳けのぼって行く。青草のはえた傾斜を、尻をこちらに向けてのぼった。その途中で財布を拾ったらしい。

「おかしいな、おれはここを通らなかったはずばい。この道はここで突きあたりだもん」

若者はそう言ったが、しかし、嬉しそうに財布を片手にもって走ってくる。木田は、思わず微笑した。

若者たちが帰ると木田は静枝の耳へささやいた。

「すまんが、午後は休診の札をぶら下げておいてくれ」


東京からきた結城宗市の妻郁子は、水潟駅のプラットホームにおりると、しばらく人混みの中にたたずんでいた。この時刻は熊本へ出かけた婦女子が戻ってくる時間でもあり、「霧島」到着ホームはかなり混雑した。木田は、前方の特二車輛※からおりた黒いスーツに灰色のボンネットをかむった貴婦人スタイルの郁子を見逃さなかった。やがて、郁子のスーツが上品なジャージーの細かい編地に優雅な模様を浮かせているのをみとめた。皮膚のうすい、いくらか弱々しそうな顔である。宗市のように、この女も鼻梁が高かった。

「結城郁子さんじゃありませんか」

木田が売店わきから言葉をかけると、女はちょっと警戒する目つきで足をとめた。

「結城でございます」

その声は、どこか、人ずれしたような意外な感じをあたえた。

「私は水潟警察の嘱託医をしている木田です。お迎えにきました」

結城郁子は、こころもち安堵の色をうかべたようだ。木田は駅前に待たせておいた車に郁子を案内した。

※特別二等車。

そのとき、木田は、顔なじみの患者が広場を横切ってくるのに出会った。横井という町内の材木屋の主人である。碁の相手でもあった。横井は、木田のそばにいる郁子をちらりと見て微笑をうかべた。木田はちょっと気恥しさを感じたが、そのまま先に郁子を乗せるとドアをしめた。

「どこか宿を予約してありますか」

「夫の泊まっていた奈良屋は遠うございますか」

山を越せばすぐですよ、と木田は湯王寺温泉の在りかを教えた。

木田の家の応接間に郁子は坐った。これまでの宗市についての捜査報告をかいつまんでしたあと、木田は今日も勢良警部補がそのことで走り廻っていることを述べた。そして、突然郁子に質問をあびせた。

「奥さんは、宗市氏が東京を出るときに栄次郎飴を持たせましたか」

郁子は瞬間、目もとを不審げにまたたいた。すぐ、

「いいえ」

と言った。

「結城が、何かそんなものを……」

「いや、お持たせにならなかったのなら結構ですよ。実は、結城さんは東京で買ってきたらしい飴を、患者の少年にプレゼントしています」

「患者さんへ?」

「ええ、奇病の子供です。ところで、失礼ですが……奥さんは香水は何をお使いでしょうか」

「香水？　わたくし、木犀が好きですわ」

動じない結城郁子の態度だった。木田は鶏の足跡のような眼尻のしわをのばして言葉をついだ。

「そうですか。失礼なことばかりきくようですが、宗市氏に女のお友だちはなかったでしょうね」

郁子は顔色を少しかえた。やや口もとをひきしめるような表情になって、木田を見つめた。

「夫には、そんな浮いた話はありませんでした」

木田はつづけた。

「水潟市には宗市さんの知人は誰もありませんんか、男の人でもいいですが」

「ございません」

「それでは、宗市さんは最初に水潟へきて、奈良屋に泊まりましたね。この温泉のことは東京で話しておられましたか」

「結城は出発する前日、九州の地図を買ってきました。そして水潟近辺の箇所を見ていて、温泉のしるしがついている湯王寺がある、ここへ泊まろうかな、と言っていたことはおぼえております」

「それだけですね」

「はい」

郁子はきっぱりとそう言った。

「最後におたずねしますが、宗市さんのこのたびの旅行目的は奇病の記録にあったようですが、宗市さんはこの記録を、東京へ帰ってから何かの雑誌だとか、研究誌へでも発表なさるおつもりでしたか」

「さあ、それは存じません。とにかく夫は三年ほど前から、まだ水潟の奇病がこのように騒がれていない頃から関心をもっておりました。そのことは、署長さんへの手紙にも書きましたが、ただもう、自分の目でじかに見たかったのだと思います。東京で読まされる新聞や雑誌には工場と漁民との争いが中心になっていて、女のわたくしにさえ、こわい病気らしいということはわかっても、それがどんな病気なのかわかりませんでした。結城はこちらへ着いたハガキにも、その病人をはじめて見た感激と驚きを書いておりました」

「よくわかりました。奥さん、それでは湯王寺温泉まで送りましょう」

「結構です。わたくしが一人でまいります」

そう言ってから結城郁子は辞去した。静枝が、きれいなひとだなという目つきで玄関の靴をそろえた。郁子は上品なかがみ腰をつくり、靴をはいた。そのとき木田は、彼女の髪が長く、淡い茶色の粉で染められているのを発見した。髪の根が黒く、上部だけが色がかわっていた。しかも、その髪の耳の上部に、黒いビン止めが落ちかかりそうな心もとなさであった。

その頃、勢良警部補は津奈見村にいた。

この村は前にもふれたように、近在ではわりとひらけた村である。水潟市から海岸ぞいに北へ七キロ、水潟湾よりはひとまわり小さな鍾乳洞型の入江が深く入りこんだ奥の平野にあった。平野といってもそれほど広くはない。崖のある傾斜や、山の上に散在している漁民部落にくらべて、いくらか水田もあり、低地にあったというにすぎない。

この入江は近在でも漁業の中心であった。船置場も広く、漁夫の数も多いし、外海に行ける五六トン級の漁船もあった。しかし、大半は沿岸漁業だから大きくても二トンぐらいである。いま、その船置場は閑散としている。舟は乾いていた。丸木舟は横向けに寝ていた。ひと頃のにぎやかな漁獲風景はみえない。この村もまた奇病の恐怖におそわれていたからである。漁民が多いから恐怖にたいする動きもまた大きく、二日に起きた騒動の原動力は、津奈見村の漁民であったといわれる。

この湾は水潟の隣湾である。ここまで奇病が蔓延してきたのだ。水潟湾にある漁民は、東洋化成の占める市民が従来の顧客であった。すなわち、角島という水潟河口の市場が荷揚場所であった。ここで売られた魚は、まず水潟市民の食膳をにぎわし、ついで他市へ流れた。津奈見村はあまり水潟市の恩恵には浴していない。彼らは昔から、熊本や八代に向かって販路をのばした。ところが、奇病が出たとなると、熊本も八代も魚を買ってくれない。水潟もまたしかりである。

その年の八月、県南生魚仲買組合は津奈見湾と水潟湾の一切締出しを決議している。東洋化成工場は、最初、百巻湾に排水したが、新排水口を北のほうに設けていた。この影響が北部の津奈見の海に及んだのである。潮流は磯を洗ってめぐる。汚れた海水はそこだけにとまっていることを知らない。とくに不知火海は、九州本島と天草列島に囲まれた内海である。鹿児島県に属する黒の瀬戸という蟹の爪をせばめたような狭い入口のほかには水のはけ口がなかった。潮流は水ひけのわるい鉢の中の壁面を廻って外海へ出るわけだ。全海が奇病の危機にあるといっても誇張でなかった。その証拠に、津奈見の崖の多い岸辺には、死にかけたボラやチヌが泳いでいた。これら元気のある魚は、いつもなら海の上をぴちぴちとはね泳いでいなければならない。その魚類が、よたよたと岸辺に寄り集まり、腹をうかせていた。魚たちは汚染した水を呑み、ドベに寄棲した砂蚕《ごかい》(餌虫)をたべるために完全な有害体となって浮いていたのである。

この魚に漁師たちは見向きもしない。獲っても売れないどころか、病気にかかるからである。この魚を目ざすのは鴉であった。鴉たちは、南九州の山のどこからか集まってきて、津奈見と水潟の境界にある黒々とした濶葉林に群らがっていた。彼らは空に飛びたち、海に浮いた魚を急襲するのである。水苔のついた岩や、洞窟に、はらわたをえぐられた尺余の魚が骨を出して死んでいた。それらは、どの岩にも、どの磯辺にも見られた。

勢良警部補は津奈見村の駐在所に寄った。村の中央部の四辻にある米屋の軒先が駐在所になっている。ここには宮内という巡査がいた。

「漁師仲間で、誰かに船を貸したような者はいなかったかね」

勢良は事情を説明してきいた。

「背広をきた太った男とやせた人でっしょう。その人なら、浜の久次に出入りしていましたな」

宮内巡査は何かの時にそれを目撃したことをすぐ話した。

「ずんぐりした男だったかね」

「そうです、五十年輩の……」

勢良は元気づいて、久次の家の地図をきいた。海ぞいのいちばん北端であった。

「トタンぶきの小さい家です。奇病で女房を死なせてから、急に元気がなくなり、毎日ぶらぶらしていますよ」

「奇病で女房を亡くしたのか」

「今年の九月末でした。なかなか男まさりの女で、久次は尻に敷かれていたようでしたが、その女房が死んじまうと、急に抜殻のようになったとです」

「おかしなもんだな……」

勢良警部補は何かほかのことを考えている目つきだった。

「とにかく行ってくるよ」

勢良は十分ほど浜づたいの小道を歩いて、久次の家を見つけだした。山麓の竹藪の下に、その小舎のような家があった。

久次はひと間しかない莚敷きの六畳にごろ寝していた。寝ぼけた顔で応対に出た。

「久次さん」

勢良は単刀直入にきいた。

「東京の博士たちはどこへ行きなさったね？」

瞬間、勢良は久次の黒ずんだ小造りな髭面にさッと走る影をみとめた。

「いや、何もかもわかっとるんじゃ、そげな顔をせんでもよか」

勢良は勝手に上がりはなに腰かけ、しかし目つきだけは鋭く久次の顔に釘づけした。

「東京の博士かな、こっちが行先を知りたいと思っとりましたとです。どこへ行ったのか、船ば借りたまま見えなくなったとです」

勢良富太郎の腰が思わず浮いた。

〈船で逃げたか！〉

久次の家へ、浦野幸彦博士と、その助手の錦織季夫と名のる人物がきたのは十月一日のことであった。

「黒谷さん」

どこで聞いてきたのか、年輩のほうの博士は久次の姓を言った。

「しばらくのあいだ、あなたの船を貸していただきたいのです。実は、私たちは、あなたがたの死活問題とつながっている奇病の原因を研究するために東京からきたものです。工場排水で汚染した海水を海上で分析するのです。病因究明は早急の課題です。これまでに水質試験の行なわれたことが一二度あります。しかし、私たちは、もう少し詳しく調べてみたいのです。たとえば、歌里島付近、穴崎岬といった具合に、沿岸のドベ層もちがっていると同様に、汚染度にはかなりの差があると思います。これを徹底的に調査することは、あなたがたが今、東洋化成に要求しておられる漁業保障金の問題だとか、患者家族への慰労金の問題とか、種々の問題の重要な資料ともなることなのです」

博士は興奮した口調でしゃべった。それは教壇で生徒に演説するような調子でしたな、と久次は勢良に言った。

久次は博士の人相や助手の風采をみて安心した。久次が質問した。

「油はありますかの、どうせ船ばあそばせておるんじゃから」

「油？」

博士はちょっと黙ったが、すぐ歯ぐきの見える口を大きくあけた。

「油はありますよ、黒谷さん」

「誰が操縦するかね、わしを使うのかね」

「いや、実は、黒谷さん、この助手の錦織が免状をもっております。そのためにわざわざこの男をつれてきているんです」

錦織季夫は一歩前へ出て、蒸気船の構造と操作について簡単に説明した。久次は、博士が手廻しよくやっているのに感心した。

「貸し料はいくらくれるね」

久次は肝心のことをたずねた。

「とりあえず、ここに十万円あげましょう。この金額はあなたが船を使って海で働かれる時の日当とみて計算してあります。しかし、お願いがあります。このことは誰にも喋らないでほしいのです。というのは、御存じかもしれませんが、水質試験というものは非常にむずかしい。工場側の資料でやるのと、独自の立場から、自分でバケツに泥土や海水を汲んで調べるのとでは相当のひらきがあります。真実のことを調べるのには、誰の味方にもならないで、自分でやる必要があります。学者として、私はお頼みするのです」

博士のこの言葉は久次をおどろかせた。久次は黒久丸という自分の姓名の頭文字をとってつけた二トンの蒸気船をもっていたのである。その黒久丸は船置場におきっぱなしにされていた。久次は働く気がしなかったのだ。奇病で沿岸漁業が不振になりはじめた頃、県漁連が失対策として、対馬《つしま》のイカ釣に船団を組んで出漁する資金や手筈をととのえてくれたことがあった。漁師たちは内海でしか獲らなかったので、外洋漁獲は素人といえたが、それでも小さな船に旗をたてて出かけたものだ。久次はその仲間にも加わらなかった。女房が生きていたら対馬まで出かけたかもわからない。その女房は奇病で死んだ。久次はごろ寝してぼんやり海を眺めているだけであった。それが、今、あそばせてある船を貸しただけで十万円になるのだ。久次は二つ返事で承諾した。

「博士は何日から借りたのかね」

勢良警部補は怒ったような口調で訊いた。

「三日からでしたばい」

勢良は三日から七日までの日数を繰ってみた。五日間、船を借りて湾に出たわけになる。

「それで、八日はどうしたかね」

「八日の朝、浜へ出ると船がありまっせん。それっきり博士は帰ってきなさらんとです」

久次は博士の帰らないのは実験が長びいていると思っていた。十万円も貰った上のことだし、黒瀬の戸や獅子島付近にまで水質試験に行くとなると、向こうで泊まったほうが便利でもある。そのことは博士も前置きしていた。博士は何かで不便なことがあるといけないから、漁業組合員証も貸してくれないかと言ったそうだ。久次は、どうせあそんでいるのだから、いいと思って貸した。

「組合員証まで貸したのか……」

翌日の新聞は三面の下段のほうに次のような二つの記事を掲載した。

〈奇病を喰う謎の二人組、津奈見村から船を詐取〉

去る一日、葦北郡津奈見村字浜黒谷久次さんかたに、東京北都大学教授と称する浦野幸彦、同助手錦織季夫と名のる男が現われ、黒谷さんの持ち船黒久丸（2トン）を借用したいと申し入れてきた。黒谷さんは、相手が風采もよく、工学博士という上に、しかも問題になっている水潟湾水域全般にわたる水質試験の下検分のためという理由なのに信用し、十万円で一カ月間の使用を許可した。ところが、二人組は七日まで浜に現われたが、八日朝から杳《よう》として行方が知れず、二十日の今日になっても音信はない。詐取されたことに気づいた黒谷さんは同日来合わせた水潟署員に届け出たもの。奇病の水質試験を理由とした点で、この種の犯罪は稀有といわれ、不況に苦しむ漁民や、奇病患者の生命ともいうべき持ち船を詐取したことは人道的な問題だと世の批判をあびている。水潟署はただちに県警本部に連絡、本部は関係各警察、天草、鹿児島沖の海上保安庁巡視船にも無電連絡し、目下厳探中であるが、何分とも時日が過ぎていることとて、いまだ捕捉したという情報に接しない。水潟署では、二人が宿泊していたとみられる湯王寺温泉宇津美荘を調べる一方、同船と酷似した船か、あるいは五十すぎの鼠色背広の男と三十七八と思われるやせた助手の二名を目撃したものは、至急届け出るよう管下いっせいに協力を要請した。

〈保健医さん行方不明〉

去る七日、湯王寺温泉奈良屋旅館に投宿中の東京都文京区富坂町二丁目十七番地、東京江戸

山保健所医師結城宗市さん（31）は、宿を出たまま消息を絶った。十五日、夫人の郁子さん（28）から問い合わせがあり、水潟署で捜査中であるが、結城さんの足どりは湯王寺付近で消えたまま不明である。あるいは自殺したのではないかと、目下同署で捜索中である。ちなみに結城さんは、去る二日から水潟市にきて、近在の奇病患者を訪問、自身で記録調査中の出来事であった。

新聞は二つの事件を別々に取り扱った。ところが、この新聞で二人の目撃者が現われた。それは新聞による公開捜査が、この種の犯罪の検挙に役立つことを物語っていた。

なお、二十日の漁民総決起大会は、午前九時から水潟市立病院前で、県漁連代表と、各漁業区から集まった漁民代表六〇名が、市当局と工場側代表に会って陳情を行ない、漁業保障問題をつめよったが終始静粛の裡に行なわれ、危惧された騒擾は起らなかった。

第五章　ある密輪団

最初の目撃者は湯王寺温泉の芸者蘭子である。彼女は熊本の繁華街上《かみ》通りにあるバー「カナリヤ」に勤めていたが、新聞を見て二十一日に水潟署へ出頭したのである。蘭子は湯王寺がさびれたので八日から意を決して家出していた。バー「カナリヤ」で働いて借金を返すつもりだった。だが、二人の潜伏者についての情報を自分だけの胸にしまっておくことができなかった。勢良警部補がこの蘭子の出頭に応じた。

「宇津美荘の化成のお客さまによばれて参りましたのは四日の夜でした。あたしと染七さんと二人です。十時すぎに染七さんと二人で帰ろうとしますと、女中さんが、お湯に入ってゆきなさいとすすめてくれます。お客さまは化成の人でしたが、たいへんしつこい人でした。部屋に室内《うち》風呂があり、無理やり入るように言われたのを断わってきた手前、女中さんに言われてもちょっと入る気がしません。ちょうど染七さんはその日は月のものでしたので、蘭子さんだけ入りなさいと言います。あたしは汗ばんでいたのでお湯を貰う気になりました。あたしは玄関で染七さんと別れ、ひとりで広い共同湯に入りました。宇津美荘は崖のいちばん上にあります。

よその旅館ですと、お湯の窓から海が横に見えますが、宇津美荘だけは、まるで海の上にあがって空《そら》のお風呂にいるような気分になれるのです。あたしはうっとりしました。お酒が入っていましたからいい気持でうとうとしました。そこへ二人の男が入ってきたとです。一人は五十すぎの髭面で、ずんぐりしていて胸毛のあるお爺さんでした。もう一人は三十五六のわりと好男子の人です。二人はあたしが湯にいるのを知らないで、着換え所で大きな声で『石灰石』とか『硫酸』とか言っています。あたしは化成に関係のあるかたかな、と思いました。そのお爺さんの胸毛が朝汐《あさしお》みたいにとっても濃くはえていたのでよくおぼえているんです」

蘭子はそれだけ言うと、疲れたような顔でタバコを吸いだした。熊本へ行ってから無理な働きをしているらしい、と勢良は顔に艶のない蘭子を見て思った。

「それから、どうしたかね」

「あら、イヤだ。それから何もなかったとですよ。あたし、髭むじゃらの人はきらいです。それですぐ、洗いもしないで出てきたとですが」

結局蘭子の情報は、この風呂場で逢った二人組が偽博士たちに相違ないということ、何か工場に関連しているだろうというだけのことであった。しかし、勢良は貴重な情報だと思った。

「君は、これから、また熊本へ帰るかね」

勢良は用事がすんだあとでたずねた。

「帰るわ。湯王寺にいたって一文にもならないでしょ。お母さんの御飯をへらすばっかしだもん」

勢良はふと、蘭子を見ていて、木田の疑惑を思いだした。

「蘭子さん、あんた、奈良屋に泊まっていた結城という人を知らないかね」

「結城?」

立ち上がりながらハンドバッグをもったとき、蘭子はタバコの灰をスカートに落した。それを払いながら、

「知らないわ、そんな人。どうかしたの」

行方不明になった結城宗市の記事を読まなかったのだ。彼女は船を詐取した二人組の記事だけ読んで飛んできたのだろう。

蘭子が帰ると、勢良は木田にすぐ電話した。

「君の香水説もどうやら推理のゆきすぎらしい。蘭子は知らんと言った」

「蘭子が現われたのか」

木田の電話口での顔がわかるようであった。

「結城には関係はないようだ。しかし、宇津美荘でやっぱり風呂場が関係していた。この推理には敬服したよ」

勢良は蘭子の報告を説明したあとで言った。

「ところで、結城の奥さんはもう出発したかね」

「朝、電話をうけた。今日の四時に『霧島』で帰りたいと言ってたよ。勢良さんに会ったかと

たずねたら、会って話だけはしたというんだ。したんだろ?」

「うん、三十分ばかりしただけだ。署長にも会ったよ。帰るというものなら仕方がない。気の毒だが、一日も早く捜してあげることだな」

「君は、あの夫人をどう思うかね」

「どうって……」

突然の木田の質問に勢良は言葉につまった。

「白か、黒か、ということだ」

「君の猜疑心には勝てんな。まだ香水にこだわっているのか」

勢良は笑いながら電話を切ろうとした。木田がつづけて言った。

「疑問の余地はあるぜ」


木田は、結城宗市の失踪には何か背景があるようで仕方がないのだ。宗市は個人で奇病の研究にきていた。保健所の医師としてはよほどの勉強家といえないこともない。奇病の原因は四日や五日の臨床探訪でわかったりするものではないことを木田は知っていた。奇病に関心をもった東京の一医者が、わざわざ見学にきたのだ、と簡単に考えてみればすむことなのだが、その医師が突然どこかへ消えたとなると問題は違ってくる。四五日の探訪ではわかりもしない奇病調査のほかに、何か他の用事も宗市は兼ねていたのではあるまいか。そうせんさくしたくなるのだった。

そう思うと、木田は、宗市のあのひ弱そうな、鼻梁の高い、目の澄んだ、陰欝な表情の裏に暗い影を見るのだ。その影が同じ色合いで、宇津美荘に宿泊した潜行者の二人にも投じられているとしたら、どういうことになるだろう。いや、たしかにそうなのだ。そこに何かがなければならない。そうでなければ、奈良屋を訪ねた五十すぎの男と結城宗市の関係が鮮明になってこないのだ。

そのとき、木田は治療室の窓から水潟川の鉄橋を走る急行「霧島」の姿を見た。駅を出た直後に橋を渡るので、速度は緩慢である。結城郁子はあの車中にいるだろう。夫の行方を確認しないままに東京へ帰るのだ。山襞《やまひだ》のほうへ煙を吐きながら小さくなって行く列車、木田はうつろな目つきで眺めていた。そして、郁子と自分は、いつの日にかもう一度会うかもしれないと思った。


第二の目撃者は早栗《わさぐり》の木元又次という漁夫である。この男は二十七歳で独身であった。

早栗は津奈見村と水潟市の中間にある小さな部落であった。津奈見湾が鍾乳洞のように入りこんでいるとすれば、その湾の南方の隅に、更に小さな鍾乳洞のような小湾がえぐれている。その湾に沿った傾斜地に、二十戸たらずの漁夫ばかりの家が散在していた。早栗部落の背後には深い山があった。村の名前があらわしているように、そこには栗の密生林がある。その密生林を更に奥へ登ると、欝然とした原始林にちかい濶葉樹の森がつづく。この中に一本だけ木樵《きこり》の歩く山道が通っていた。この道は森の中を抜けたり、崖へ出たりして、波濤の嚙む崖の上づたいに泊京《とまるきょう》という更に奥の部落に達する。ここで道は行きどまりになっていた。しかし、この泊京部落から岬を越せば、湯王寺温泉の奈良屋の上に出るはずである。地図の上では、そこに道はなかったが――

早栗の木元又次は七日の昼ごろ、泊京と早栗との中間の森の中で薪をつくっていた。その山は彼の持ち山ではなく公有林であった。したがって、一荷の薪を取得しても、それは公共財産を盗んだことになるわけだ。しかし、近辺の漁夫たちは大びらに薪作りをしていたのである。又次はそのとき、ひと仕事したあとで、大杉の林の中からかすかに見えかくれする海のほうを見ていた。と、その又次の視界に二人の人物が目に入った。その地点は、例の山道が泊京にぬける崖の上に出る直前の曲がり角だった。男が向こうへ歩いて行く。おかしいな、と又次は思った。こんな道を泊京へぬけるのかな。それにしても、男の姿はたしかに都会人と見られる。一人はわりに背が低かった。ジャンパー姿である。鼠色だった。もう一人の男は茶色のシャツ姿のように見えた。又次は最近、泊京の部落から嫁をもらう話があって、そのためもあったが、泊京の十二戸しかない漁夫の顔をすべて暗記していたのである。いま、泊京のほうへ行くのに違いない二人の男が、部落以外の人たちであることは又次には断定できた。

新聞記事は二人組と書いている。あの時刻にあんな男を見たことは、ひょっとしたら関連があるのではないかと思ったのだ。

木元又次の応対に出たのは、やはり勢良警部補である。

「茶色のシャツを着ていたというんだな」

助手の錦織季夫が茶色のカーディガンを着ていた、という宇津美荘の女中の証言を勢良は思いだしてきいた。

「それは、こんなシャツじゃなかったかね」

勢良は自分のカーディガンをつまんで見せた。

「旦那、シャツじゃなかとですか」

遠眼だからシャツに見えたとしても不思議ではなかった。

「靴はどんなものをはいていたかね」

「そりゃあ見まっせんでした。なんしろ遠いもんでわからんかったです」

又次の情報は重大な意味をあたえた。男たち二人はたしかに浦野幸彦と錦織季夫に相違ない風采である。浦野は鼠色のジャンパーだったというが、これは裏をかえせばクリーム色になる両面ジャンパーだったかもしれない。

勢良富太郎は木元又次を帰したあとで木田医院へ飛んだ。木田はその話を聞いて蒼白になった。

「そいつが犯人なんだ」

語気つよくそう言うと、

「勢良君、おれは今日は患者がある。治療をすませていると、おそくなる。できるだけ近いうちに早栗と泊京を探ってみないか」

「よし、ジープを廻すよ」

「ジープにオートバイを積んでくれ、山道はオートバイで走ったほうが楽だ」

勢良富太郎は黒ずんだ顔をひきしめて帰って行った。


勢良警部補が木田医院を出て水潟署へ帰ったとき、署長の刈谷広助がいつになく真剣な顔つきで勢良を呼んだ。

「ちょっとわしの部屋へきてくれ」

水潟署の署長室は二階東南の角部屋にある。一方は水潟川の河口に通ずる水の流れが一望に見え、一方は低い街の屋根と、その向こうに巨大な軍艦のような化成工場が見渡せた。勢良が入ると、署長は額ぶちにはまったような工場の遠景を背中にして、椅子をぎいーっと音だてて廻した。

「今、県警本部の島本さんから電話があってね、君の担当している津奈見の船を詐取した二人組の件だが、大変な大物らしいことがわかった」

「…………」

勢良は急に窓の外がかげったような気がした。署長の顔をにらんだ。

「東京警視庁の三課から全国に秘密手配をしていた旧軍閥系の大がかりな密輸組織の一味だというんだが、どうもその片割れと思われる男が先月はじめから、別府経由で宮崎か熊本へ入ったらしいという情報があった」

「密輸組織？」

「合法的には、運送屋だとか会社員になりすまして、白昼堂々と市民生活をしている。いったん非合法組織で動きだすと、全員が旧軍組織の将校、下士官、兵といった秩序に戻って活動しだす。主として香港《ホンコン》ルートだという話だ。全然、犯行の手がかりを残さない連中だそうだ」

「で、そいつは、津奈見に現われた浦野と錦織に年頃も似ているわけですか」

勢良は息を吸いこむようにきいた。

「一人だけ、年寄のほうが似ているんだ」

「署長、そういえば該当しますね。宇津美荘の主人の話によると、ずいぶん、その浦野という男は落ちついた奴で、図体も太っていて貫禄があったと言いましたからね。そいつが上層部の将校じゃないですか」

「県警本部への指令によると、古前要蔵という名前になっている。元関東軍の少将だったらしい。六十歳というが、若く見えるという話だ。特徴としては、歯なみにじぐざぐがあって、笑うと歯ぐきが出る」

「署長！　歯ぐきですって……」

勢良は、いどみかかるような声を出した。

「津奈見の黒谷久次の証言によると、その男は歯ぐきを出して喋ったそうです」

「間違いないな？」

「間違いありません。もう一人の錦織と名のった男は、それでは、部下ですね？」

「どうせその一味だ。あるいは、一味に買われた船員かもしれん」

「で、署長、いつ本部へ行かれますか」

「あす、東京から捜査三課の来栖《くるす》という警部が熊本へ直行してくるそうだ。島本部長から報告に来いという電話だから行かねばならん」

署長はそう言ってから頭を抱えた。

「ここのところ、わしはついておらんな。化成工場じゃ暴動をやられるし、その上、大物は取り逃がしとる……熊本で大目玉じゃよ」


夕刻、勢良富太郎は、また、木田医院を訪ねた。木田は往診に出かけて不在だった。勢良は木田に会うのを断念してそのまま自宅に帰った。彼の家は、水潟川を渡った北側の、旧市内に属する山の端にあった。ふるい木造建て平家の官舎である。

勢良は、妻のつくってくれた味噌汁と罐詰の鯖《さば》で落ちつかぬ夕飯をすませた。

「気分がわるいとですか」

と妻がきいた。夫の顔つきが暗いからだ。太っているので年齢より三つか四つ若く見える勢良の妻は、食膳のお菜が気にいらなかったと思ったものか、こんなことを言った。

「水交会市場ではね、生魚を売ってるんですよ、あんた」

「そうか」

勢良はいっそう不機嫌な顔つきになった。水交会というのは、この市の住宅地に出張売店をもつマーケットのようなもので、東洋化成工場の社員にだけ販売していた。会社の購買部が住宅地に延長したものである。社員証があれば、二割かた安い家庭用品や食料が手に入った。その出張所に生魚が売られている。会が直接他の海域から購入して、社員にだけ売っているものらしかった。

勢良はさらに、この妻のひと言が鉛のように気分を重くするのを感じた。市内の一般業者と水交会市場とは対立していたのだ。五万人の人口のうち半数が東洋化成の社員だから、水交会も充分にやってゆけることはわかる。しかし、市内生魚業者が奇病で店じまいしている折に、面あてにも程があるではないか。

勢良はここのところ生魚は喰っていない。罐詰ばかりである。妻の片づけている食卓の空《から》になった罐の底をにらみながら、木田が何を喰っているかたずねてみたいと思った。

勢良には唖《おし》の男の子があった。時男といって十二歳である。山の端の上にある聾唖《ろうあ》学校に通わせていたが、一人しかいない子供が片輪者なので家の中はいつも暗くみえた。いまも、その時男が勢良のすませた食卓で積み木をはじめた。勢良に似て、時男のうしろ頭が絶壁型に平べったい。子供の遊ぶうしろ姿を見ながら、勢良は署長の言った言葉を思いおこしていた。

宇津美荘に泊まっていた二人組が、旧軍組織による密輸団の一味だと疑念をもちはじめている署長の推定には疑問があった。潜伏の詭計に水潟奇病の水質試験を偽装しているやり口が、いかにもうますぎると思われたのだ。

〈奇病の水質試験は専門的なことだ。東洋化成と水潟市の当事者以外は知らないといってもいい。東京R大の堂間博士が試験にきてからも日数がだいぶたっている。あの当時、新聞が騒いだ。しかし、東京で関係のない人間が、そのことを強く記憶にとどめているとは考えられないことだ。別府から宮崎か熊本へ潜行してきたらしい密輸団の一味が東京を出るとき、水潟奇病の水質試験を知っていたのだろうか。船を詐取したのが逃亡の目的であったとしても、わざわざこの水潟で決行せねばならなかった理由は何か。偽の水質試験をやった彼ら一味が、東洋化成か、水潟市か、それともR大の試験隊員の誰かとつながりがあったんだろうか。いや、そうとしか考えられないではないか。そうでなければ、巧妙な「森」をつくる端緒はあるまい……〉

勢良は、子供の積み木が倒れたり積みあがったりするのを眺めながら、推理をつづけていった。

〈そうだ、あの二人組は何らかのかたちで東洋化成の糸をひいているのではあるまいか。単なる思いつきとは思われないのだ。「私はあなたたちが現在東洋化成に申請しておられる漁業保障の資料になる水質試験を、独自の立場でやりたいと思います」偽博士は黒谷久次にこう言っている。こんな漁業保障の事情を、その場の思いつきで喋れる男は……たしかに、何らかの糸が……〉

このとき、勢良は表の道にオートバイの音を聞いた。それが生垣の下でとまった直後に玄関の戸がきしみながらあいた。木田が暗がりに立っていた。

「何の用だった？　あいにく留守してたんで……」

木田はどなるような語調で喋りながらすぐ靴をぬいで茶の間に上がってきた。

「よお、やっとる、やっとる」

時男の頭を撫でてやった。

「積み木か。いつも今頃まで起きとるんかね」

「うん」

と、勢良が子供のかわりに返事をした。

「木田君、実はね、署長から妙なことを聞いたんだ」

勢良は、今日、署長からきかされた話をかいつまんで話してから、

「あんたのいう『森』をつくった男たちは密輸団の一味だったんだ。頭のいい男だよ」

「旧軍人関係とは意外だな……水質試験というのは、たしかに盲点だよ」

そう言ってから木田はあぐらをかいた。

「ところで勢良君、不思議なことがあるぜ。なぜ、彼らが三日の日に黒久丸を借りてすぐ外洋に飛ばなかったかということだ」

「三日から七日まで湾に出ていたと久次は言った。宇津美荘でも主人が言ったしな」

と勢良がこめかみを心もちふるわせて言った。

「朝九時に出て、五時には宿に帰ってるね」

「木田君、それは水質試験らしいことを証拠だてるためだったのじゃないかな」

「水質試験の目的は船を借りる目的だった。漁業組合員証も借りられれば都合がいい。外洋で訊問された場合、水潟奇病で余儀なく無理な出漁をしているんだと言えば大目にみられるからな。しかし、その船とパスポートは一日に手に入れているじゃないか。それなのに、すぐ外洋へ飛ばないで六日ちかい日数を海へ出て何をしていたのかな」

「まったく不思議な話だ」

「海に何か用事があったはずだよ」

「死んだ海に何があるのか」

「島だよ、勢良君」

「獅子島か……まさか天草へ行ったのじゃあるまいな」

「島に用事がなかったなら、誰かの指令を待っていた、宇津美荘でね」

勢良の目がぎろりと光った。

「その指令とは何だ」

「わからん。署長の言った一味がそれだとすれば、東京の首領からのレポかもしれん。それをことづかってきたのが結城宗市らしいね」

「なにッ」

勢良の顔色がみるみる蒼白にかわっていった。木田は、傍らで勢良の一人息子が黙って遊んでいる赤や黄や黒の木切れをじっと見つめた。

〈結城宗市が一味と関連していると見る木田の根拠は何だろう。当然、結城と宇津美荘の二人組を結ぶ糸を考えねばならない。結城宗市は奇病研究の名目でやってきた、そして……しかし、それだけでは失踪の原因はつかめないのだ〉

畳のヘリを追っていた勢良の目が、一瞬、木田の目と合った。語気をつよめて木田は口を開いた。

「結城宗市は奇病の視察と、もう一つの用件をもって水潟に現われているわけだ。しかも、女と一緒にね」

「結城が、女と一緒に？　しかも連絡員だったというのか」

「そうでなければ、おれの推理の辻褄が合わない。結城は任務を終った。女も終った。任務はレポを宇津美荘へ届ける仕事だったのだよ」

「それはおかしい。宇津美荘では誰も来なかったと言ったじゃないか」

「そうでなければ、どこかで会って渡している。女か、それとも結城かがね……」

「ノートかい、それは」

「さあ、それはわからん。任務が終ったときに、結城宗市は殺されたんだと思うよ……その死体が湯王寺から消えている。勢良君、おれはかならず結城宗市を発見してみせるよ、どこかにかくされているはずだ」

木田はそう言ってから急に立ち上がった。

「なんだ、帰るのか」

「まだこれから仕事がある」

木田はもう玄関のほうへ歩きかけていた。

「夜になって、急患でも出たのか」

と勢良は送りながら言った。時男も勢良の足にまつわりついて、玄関まで出てきた。木田は子供の頭を撫でながら、

「奇病だよ」

と吐きだすように言った。

「また一人出たんだ、船浦の漁師の女房だ。昨日から頭がいたいと言って寝ていたそうだが、今日の夕刻から手先がしびれはじめた。おれが行ったときは、もう水をのむのもようせんだった。茶碗がもてないんだ」

「すると、八十三人目か」

「八十四人目だ」

「どうして病院へ早くかつぎこまんのか」

「病棟はきみ、いま満員だよ。まさか、普通患者と一緒に入れとくわけにもゆくまい、ほかの患者が厭がるしな……」

「ぶるぶる震えだすと気持がわるいからな」

「気持がわるいどころじゃない、七転八倒するのがいるからな。そして、ガタガタふるえながら、そこらじゅうを這いだすわけだからね」

木田はそう言うと、暗がりに置いてあるオートバイに消えた。やがて、あたりを破るようなエンジンの音をかき立ててすぐ遠ざかって行った。

第六章　鴉と死

水潟警察署は、二人の潜行者について本格的な捜査に乗りだした。勢良警部補を中心にして係官が八方に飛んだ。その結果、木元又次の目撃した男二名に関する情報はたしかなものになり、もう一人の目撃者もいることがわかった。それは泊京部落の漁夫で岩見金蔵といい、七日の正午頃、二人の男が部落北端の崖道をおりるのを見たというのである。その証言でまた二人は浦野と錦織らしいことも濃くなった。ところが、この二人がどこから現われて、どこへ消えたかという点になると皆目わからない。当局はあらゆる手がかりを求めて聞き込んだが、不明であった。

まず、水潟駅改札員の記憶が重視された。水潟駅は、最近東京からの下車客が相当あった。化成工場が耐火煉瓦の工場新設のために技術家の社員やその家族をよんでいて、出入りも激しくなっていた。しかし、駅員は、その中からどの切符がその男であったかなどと、十五六日以前のことをきかれても要領を得なかったのだ。注意して見ていたわけではなかった。一方また津奈見の駅も、あるいは本線を臨時運転しているジーゼルカーを利用して下車したとも思われたので調べたが、耳よりな該当者は現われてこなかった。

ところで、ここに不思議なことが起きた。それは、勢良警部補が東京の結城郁子にあてて、その後の宗市の行方について捜査経過を報告するつもりで書いた手紙が返送されてきたことであった。勢良は「東京都文京区富坂町二丁目十七番地」へたしかに封書を出している。ところが、その手紙は「当所に同名義人の居住なし」という欄に朱線をひいて差し戻されてきたのである。


「おれは親切心で報告を書いたんだが、おかしなこともあるもんだな」

勢良はそのことを木田に報告に行った。木田民平の顔が急にゆがんだ。

「結城郁子の行方を至急手配しろッ、おくれたら大変だぞ」

その剣幕があまりに荒いので、勢良は奥にへこんだ目をぎろりと動かした。

「それは、どういう意味だね」

「二つある。結城郁子の身辺に危険がふりかかるかもしれないことと、もう一つは、逆に郁子が何かの秘密を握っているかもしれないということだ」

「郁子が一味につながっているとでもいうのかね」

「あり得ると思う」

「しかし、それはおかしいじゃないか。郁子が最初に宗市の消息を探してくれと依頼してきたんだぜ」

勢良は反問した。

「あたりまえじゃないか。宗市は夫だぜ、夫が失踪した事実は奈良屋からやがて世間に知れる。そのとき、東京の留守宅で知らん顔でいる女房はかえって怪しまれる。郁子は頃合いを見はからって投書してきたんだよ」

「……なるほど、二週間後だからな」

「この二週間は重大な意味があるんだ。浦野幸彦と錦織季夫の逃亡が成功する手頃な日数でもあるし、証拠湮滅《いんめつ》も完全に終えたころだ」

勢良の唇がふるえていた。彼は署長に、まだ、結城宗市の失踪とこの潜行者たちのつながりにたいする疑惑は報告していない。ただ推理好きの木田の想像として受け流してきた感がないでもなかった。一文字にした口もとをふるわせている勢良を見て木田はまた大声で言った。

「勢良君、東京の富坂署へすぐ急報しろ」

拝復　お問い合わせの件について報告します。当署管轄の表記に居住していた結城宗市の妻郁子は十月二十三日に移転しました。貴署からの書信を最初に受けました十八日には郁子はまだ表記にいて、これから九州へ発つのだと言って当署係官と話したのですが、二十三日に家を出たまま行先は不明です。当署は都内各署に連絡して、郁子の行方を探索中ですが、現在依然として不明であります。下宿は当署より約五分の地で、杉森敏之助という退職官吏が二階の八畳を結城夫妻に貸していたのですが、二十三日、郁子はふたたび九州へ行かねばならなくなったと告げて、部屋の調度品を古道具屋に売り、トランク一箇を持ったまま去ったということです。郁子の言葉を信ずるとすれば、ふたたび貴地へ向かったのではないかと思います。当署はいちおう江戸山保健所に行き、宗市氏の勤務中のことなど聞くとともに、郁子からの連絡がなかったかを訊いたところ、同保健所は何らの報らせも受けていませんでした。その上、不思議なことに、宗市氏は保健所に、九州出張以来、何らの通信もしておらず、保健所としては困惑している模様でした。また、その節、宗市氏と郁子との家庭生活について詳知している同僚をさがしましたが、宗市氏はあまり家庭のことを他人に話さない性質で、ただ、郁子夫人は元関東軍の陸軍中将の娘であり、終戦後早々佐世保に引き揚げてきた模様であること、宗市氏との結婚は三年前で、下宿の富坂二丁目へは約七カ月前に越してきたということだけ判明しました。富坂町以前の止宿先は、大森区のアパートとあとでわかったので、係官を派遣し調査しましたが、ここは管理人がかわっていて、すでに当時の夫婦の状況を知っている者はありません。全く八方ふさがりの状態から、とにかく知人の話など綜合して次のような諸点を知ることができたぐらいです。

結城宗市氏は東京T大学医学部の卒業で、かつて陸軍士官学校を卒業、終戦直後、T大学に入学するの便法を得て医学部に入り、神経科を専攻した模様です。しかし、彼には友人関係は少なく、彼の郷里は石川県輪島市とわかるだけで、郷里では両親はなく、孤児同様の幼少時代を送っていたのを、叔父に助けられ、上級学校へ進級した模様です。成人してどこから官立大学に入る学資を入手したかは不明であることなど、少数の友人が話してくれました。保健所では無口なほうで、真面目な勤務ぶりだったということです。自殺するようなことは考えられないと言っておりました。また、今回の水潟視察は本人の個人的要求でなされたもので、一日に十日間の休暇届が出ております。

また結城郁子については、宗市氏と結婚する直前まで、新宿のバーにいたとか、あるいは銀座のキャバレーにいたとかいう話もあり、郁子は宗市氏の行方不明を知って、生活上の考慮もあり、昔日のそういう勤めにもどったのではないかとも考えられます。しかしながら、東京には何万人というその種の職業女性が在住しており、当地で結城郁子をつきとめることは、今や一本の針を探すに似た感があります。

しかしながら、当署は追跡の手を一日も休めず、調査を進めていく所存です。とりあえず報告しましたが、何かの情報を得次第また急報することにします。

富坂警察署警部　大里実男

勢良警部補は、この手紙を木田民平に持参して見せた。木田は読み終ると言った。

「結城郁子は浦野幸彦の一味と見ていいいな」

「すると、どういう結びつきなのか」

「それはわからん。捜査三課の追っている古前要蔵と結城郁子、これは太い綱でむすばれている予感がする。どちらも関東軍が背景じゃないか」

「しかし、太い綱があったとしても、夫の宗市の行方不明はおれにはどうしても呑みこめない」

「郁子は、七日頃にかならずこの水潟へきているはずだ」

「なんだって、七日にここへきているというのか……それにしても、郁子はそんな悪い女に見えなかった、宗市の行方を真剣に探していたのだと思うね」

「おれも、そう思った。しかし、疑惑だけは残っていた。また、湯王寺の土地カンだけは誰かがすでにもっていなければならん。そうでないかぎり、あの水質試験の詭計はできない……」

「郁子が夫を失踪させたか、あるいは殺したか……その一味の幇助をしたというのは……どう考えても奇怪《きっかい》な話だ」

「そうとでも思わなきゃ辻褄が合わない。宗市と郁子の失踪……それに加えて二人組の失踪だ。残っていることは水潟の市で奇病が材料にされたということ、それをタネに何かの任務を終えて彼らが帰ったということだ……奇怪なことはいっぱいある。水潟病にだって言えるんだ。原因がわからないのに、バタバタと大勢の人が死に、また今日も死にかけているじゃないか。要するに、ここでくじけて捨てちゃいかんということだ。いいか、君と僕が、いま結城宗市の捜索を打ち切ったら、誰がやるだろう」

木田は勢良の顔をはれぼったい目でにらみながらつづけた。

「だが、問題はおれは医者だということだ。こうしているあいだに、待合室には喧嘩で怪我をしたり、車にはねられたりした人間がかつぎこまれてきている。おれは治療する役目だが、勢良君、あんたは警部補だ。そういうことが起きんようにつとめる役なんだぜ」

　このいくらか杓子定規にきこえる木田の言葉を、勢良は微笑して聞いた。彼は待合室の患者を見ながら医院を出て署へ向かった。木田はゆっくりカルテを見ながら、静枝に次の患者を呼んでこいと言いつけた。


　水潟市は怪我人が多い街だった。せまい道路をトラックが通りすぎるせいもあった。一日に三四人はかならず怪我人がやってくる。そのときも、治療室に入ってきた若者はトラックからふり落された炭屋の店員であった。彼はタドンの俵の下敷きになったのだ。左腕にかなりひどい擦傷を負っていた。

「トラックの上に乗っていたのか」

「はい」

「痛いだろ」

「痛かなか」

　若者は治療のあいだじゅう歯を喰いしばっていた。妻の静枝が治療のあとで繃帯をする。木田は若者の三角巾を見ていて、つい先日、喧嘩くずれの三人を治療した日のことを思いだした。

あの元気な米の浦の若者たちはあれからどうしたろう。財布を落したという二十一二の男が土堤の青草をのぼって行く真剣な顔つきがおかしかった。

いま、その土堤が硝子越しに暮れなずんだ空の下に見える。桜が等間隔に堤の上に植わっている。白いまだらの腹をみせたトラックが三台河口に向かって驀進《ばくしん》して行く。ときどき土けむりがたつ。木田はかるい疲労感とけだるいものを感じた。

そのとき、木田は急に、「この道は通らなかった、こんなところにどうして財布が落ちてたのか」と言ったあの若者の言葉を思いだした。

人間は落し物をした場合かならず来た道を戻るものである。落したのは歩いてきた途中だと思いやすいのだ。しかし、落したと気づいたその地点で瞬間に落していた場合、財布が前方に転げることだってある。その地点から前方に品物があるということは知らない、誰だってうしろをふり返る。ない。あわてる。そして元の道へどんどん戻るのだ。

〈おれは、あの袋のような湯王寺から水潟へくる途中にばかり気を取られていた。袋の中で消えたものを、袋から出る道と、出たにちがいないという想像だけに気を取られ、袋の奥にかくれているということに気づかなかったのではないか。あの湯王寺の前方はどこになるんだろう〉

木田は電話機に走った。奈良屋旅館を呼び出した。出たのは主人であった。

「湯王寺のあなたの宿は北の端になって、あそこは、あなたの土地で行きどまりになっていましたね」

「はい、弁天さんの祠がまつってあります。山になっとります」

「そこはもう北の方角へぬけられませんか。つまり泊京の部落のほうですが」

「泊京は地図では隣り部落ですが、あれは津奈見からくる山道の終点ですて」

「すると、向こう側の終点と、湯王寺の終点とは弁天さんの祠の岩で切れているんですね」

「岩だけでなく崖になっとりまして、奥はまだ山ですたい」

「その山へはどうして行きますか」

「弁天さんの岩にトンネルがござすたい」

「トンネルが？」

「人間ばようやく通れるようなこまかな穴の抜け道がありますとです」

木田は愕然として電話を切った。

〈湯王寺から、バスにも乗らないで、津奈見へぬける道があった……泊京、早栗を通って木樵の通る道がついていたのだ……〉

翌十月二十五日の朝、湯王寺でジープをすてた木田民平と勢良富太郎は、朝靄にかすむ不知火湾を右手に見ながら、崖ぞいに弁天の祠のある地点に到達し、そこから迂回して細いトンネルをぬけた。そこは岩石というよりも、固い層土の地点を選んで鑿岩《さくがん》したものらしい。森がすぐ上部にあるので青の洞門のようなうす暗い感じである。トンネルの距離は四十メートルぐらいしかなかった。人間が頭をさげてようやく通れるほどのものである。穴が曲がっているので奥は暗い。少し行くと前方に明るい出口が見えた。冷たい水滴が木田と勢良の首すじをぬらした。トンネルを出たふたりは、やがて急傾斜の喬木林をのぼった。かすかであるが、そこに人の通った草の倒れた道があったからである。百メートルほど行くと、やや傾斜はゆるやかになり、道は茨《いばら》や篠竹のからみつく湿土にかわった。前方に森があった。この森は、湯王寺の方角からは弁天の祠と崖にさえぎられて見えない箇所なのである。

木田と勢良は山道を森に向かって進んだ。

森を少し入った地点にきたとき、勢良が、急に声をたてて釘づけになった。前方に何やら動くものがあったからだ。黒いもの、それが幾十となくかたまっていた。

「鴉だッ」

勢良が叫んだ。木田も見た。うす暗い濶葉樹林の底は遠くに白い海の線をほそく引いているだけで、そこまでの途中は、岩や石ころのある草やぶで、雑然とした平坦地になっていた。そこに鴉がむらがっていたのだ。

黒いかたまりがくずれだした。人間がきたことに驚いた鴉が動きはじめたのだった。一羽がバタバタと大杉の枝に飛んだ。木の上を見た。枝という枝に、こぶのようにならんだ黒い鴉がうずくまっている。そのとき、飛び上がった一羽の鴉がバタッと音をたてて下に落ちた。そのまま動かなくなった。他の鴉は地面の上をバタバタ歩いているだけである。勢良が石ころを投げた。

ゲガ、ゲガ、ゲガ、ゲガ

ゲガ、ゲガ、ゲガ、ゲガ

鴉は気味わるい鳴き声を発した。一羽が鳴きだすと他の鴉がいっせいに鳴きだした。

「奇病の鴉だ」

木田が叫んだ。勢良はまた石を投げた。

鴉たちは、たむろしていた場所からよたよたと歩きながら散りはじめた。羽の抜け落ちた鴉。胸からあばら骨が櫛のようにとび出た鴉。一羽はくるくると地べたで廻転した。割箸のような足が、死んだ同僚の肉の細片につきささり、ゲガ、ゲガと鳴きながら動けないでいた。すでに飛ぶことはできなかった。死んだ海の魚を喰った病鴉であった。

「もう少し入ってみよう」

そこらじゅう死んだ鴉のころがっている道を木田と勢良が二十歩ほどすすんだとき、二人は同時に声をあげた。目の前に、無慚な人間の死体があった。

それは、もはや骸骨に近かった。地面についた骨の裏側にだけ肉の細片がついていた。洋服はズタズタに破れている。袖口から突き出た手にも肉はなかった。鴉が喰い散らしたのであろう、頭蓋骨にくちばしをさし込み、そのまま死んでいる黒い塊。すでに、その鴉も腐爛していた。頭蓋のころがっているわきに、一冊のノートが落ちていた。勢良がそれをつまみあげた。『水潟に起きたる原因不明の食中毒を探訪するの記録』とその表紙に書かれてあった。

そのとき、木田は死体から一メートルほど離れた地点に走り寄って何かを拾った。

「勢良君、これを見給え」

腹のわれかけたタバコの吸殻である。

「滝堂の崖でおれは結城宗市に煙草をすすめた。あのとき、宗市は喫わないと言ったんだ……」

死体発見と同時に、事件は保健医結城宗市殺人事件としてその頭角を露呈した。他殺の容疑は、一片の吸殻を端緒として確認されたのである。

第七章　靴跡の疑惑

捜査本部は、その日の午後、水潟警察署に設置された。新聞記者がつめかけ、本部は漁民総決起大会のときの撲りこみ以来の活気を呈した。刈谷広助署長は、次のような談話を発表した。

「保健医結城宗市の死体は、発見現場の検証によって、他殺と判断できる。犯人は宇津美荘に宿泊していた二人組の偽博士とその助手であるかどうかは、今のところ断定はできない。事件はかなり深い背景を思わせる。それは、奇病の研究にきていた医者の怪死だからである。自殺説も考えられないことはないが、それは周囲の状況からして薄い。二人組が犯人らしいという点は、被害者が外出した七日の夜、呼び出しにきたクリーム色ジャンパー姿の男と、その中の一人が似ているからであって、確定的な裏づけはなく、今後の捜査にまたなければならない。熊本市で東京から出張してきた来栖警部が報告したところによると、旧軍組織による密輸団の幹部元陸軍少将古前要蔵が、この二人組の年長者と酷似している。しかし、密輸団の一味がどうして保健医を殺さねばならなかったか、考えてみると無理な点も出てくる。何が動機で殺されたか、どういうつながりで二人組と被害者が結ばれているかも不明である。推理はどうにでもできる。しかし、捜査は空白を事実のあかしで埋めてゆかねばならない。水質試験をいつわった偽博士らが、津奈見村の船を詐取した事実と、奇病を研究にきた保健医が謎の死をとげたという事実が、八日前後に起きているだけである。この二つをつなぐ線は、水潟奇病という一事だけにつながっているが、これも偶然の一致でなかったかとも思われる。捜査本部は、不可解な壁をつきつけられて出発したにひとしい。それに、わが署は水潟奇病の保障問題が未解決なために、漁民の暴動がおこりそうな不穏な時期に遭遇している。このようなとき、一保健医の怪死事件は残念でならない。新聞記者諸氏も、本部員と協力して一日も早い解決に協力ねがいたい」

勢良警部補が本部主任になった。その下に高井、松田という二刑事が入属しただけである。二人とも若い男で、熊本から赴任して間もない刑事たちであった。

本部が設置された夕刻、勢良は木田に電話をかけた。

「いよいよ出発だよ」

「もうわれわれは出発してるはずだ、勢良君」

木田は微笑しながら言った。

「ところで、君はまず何からはじめる？　本部は人員を何人もらったかね」

「二人、若いのがついてくれた」

「えらく少ないじゃないか、誰と誰？」

「あんたは知らんだろうが、熊本からやってきた連中で、高井と松田というんだが、いずれ紹介する」

「死体の所見は南九州大からくるのか」

「市立病院の外科病棟で執刀してもらうことになった。瀬沼博士がきてくれると思うが、法医学の先生がたもやってくるらしい。あんたも、そのときはついていていてほしいな」

「おれが？　おれはいいよ」

木田はちょっと考えてから言った。

「おれのような町医者の出る幕じゃない。嘱託医というやつは、いつも縁の下の力もちで、偉い人がくるまでの処置係りみたいなもんだ。あのとき、おれはおれでよく見ている。おれの目に狂いはない。結城宗市は他殺だよ、殺されているよ」

「ずいぶん鼻息が荒いな。いずれ現場所見と解剖結果の刷り物ができたら飛んで行く」

勢良富太郎は電話を切った。本部が設置されたものの、若い刑事は走り使いの役である。結局は、木田と自分が、この難事件の糸をたぐってゆくしかないと思った。

瀬沼博士は二十六日の朝、法医学教室から二人の助手と学生四名をつれて水潟病院に着いた。解剖は午前中にすんだ。

結城宗市の死体は、半分白骨化していたし、鴉が喰いちらしていたから、解剖するといっても、ただ骨とはらわたを処理したにすぎない。死亡している日時は、だいたい木田の推定したとおりで、八日から十日の間とみて間違いなかった。腐爛部分の肉質変化からそれが判定されたのだ。死体は毒物をのまされているふうには見えなかった。もし殺害されたのだとしたら、頭部を強打されて昏倒し、さらに、そのあとで扼殺されたとみてよかった。頭骨にかすかな徴候がみられたのである。しかし、それはあくまで推定の域を出ないもので、他殺か自殺かという確証問題になると、死体からこれを割りだすことは困難といえた。頭骨の傷も、鴉が喰いやぶいた箇所もあったのだから。しかし、勢良警部補の提示したタバコの吸殻、現場の状況、本人が自殺するような男でなかったという東京富坂署からの報告による江戸山保健所の意見などを材料にして考えると、すべてが他殺説に傾くのである。瀬沼博士は勢良の意見を重要視し、これに同調した。一方、県警本部の鑑識課員は、湯王寺温泉から泊京部落にいたる弁天裏の森を実地検証した。

現場は陽のささない湿地帯である。しかも、道らしい道のない草や雑木のいっぱい生えている地点であり、そこに奇病の鴉がむらがっていた。係官は悽惨な現場に目をしかめた。彼らはゴム手ぶくろをはめ、死んだ鴉のしめった骨や羽根を取り除き、困難な靴跡の検出につとめた。被害者が加害者と格闘したり、はげしい抵抗を試みたりした場合、折れやすい枯枝や、朽ちかけた落葉の堆積している草むらの中の足跡は、より慎重に行なわれねばならなかった。

ほぼ四時間かかって検証は終った。この結果、捜査上に大きな疑点と新しい事実をもたらしたのである。

三人の靴跡があった。すでに、発見者である木田と勢良が付近を踏み歩いていたが、さすがに嘱託医と警部補であるだけに彼らは自分の靴跡に注意し、どれが彼らのものかはすぐ判別された。そのほかに三個の靴跡があったのだ。

死体が仰向きに寝ていた場所から三メートルほどはなれたところに、三つの靴跡のかたまりが見られ、そこの地所が、ちょっと踏みたたかれたように固まっていた。これは、かなり長時間そこに人間が立っていたことを証明していた。また、その地点とは逆の方角五メートルほどの間隔の地点に、枯枝が折れ、草が踏まれている部分が一メートル平方ほどの範囲で見られた。ここで、犯人が被害者を強打し、被害者が昏倒したあと、ふたたび発見地点にまでよろめき逃げる背後から、さらに一二撃をあたえ、発見地点で首をしめ、扼殺したものと係官は判断した。二つある靴跡はもつれあい、五メートルの間隔で往来していた。

一人の人間が、もう一人の人間を殺している。別の人間が五メートル傍らで見ている。タバコを喫う。鴉が野たれ死んであふれている。湿地の中である――汗だくになって検証した捜査係官たちは、以上のような結論をくだした。その悽惨な状況を想像して誰もが蒼白になっていた。

二十八日の夜、勢良警部補は熊本県警鑑識課の置いていった現場検証結果報告書と、解剖所見の報告をもって木田医院にやってきた。勢良は詳細に説明したあと、ほこりっぽい顔をゆがめた。

「これで、捜査本部は、いよいよ方針を確定する必要にせまられた」

「方針というと、古前要蔵とその助手の足どりのことか」

「早栗で、木元又次が目撃した男が二人いる。この男たちが浮かび上がってくるわけだ。木元又次も、岩見金蔵も、遠目に見ただけで人相をはっきり見きわめたわけじゃない。しかし、宇津美荘の主人と芸者の蘭子は二人をはっきり見ている。二人の印象と、東京の来栖警部の追っている密輸一味の一人とは人相が符合する……君はやっぱりこの男たちが犯人だと思わんか」

「ちょっと待て。問題は結城宗市殺人の捜査方針だ。聞いていると本部はだいぶ迷っているようだな」

「いや、これは署長の意見が反映しているんだ。署長は熊本でガンとやられてきたんでだいぶ頭へきている。密輸の親玉を逃がしたと思うとくやしいことはわかるが、それと結城宗市の犯人逮捕を一緒に考えて帰ってきているんだ。もっとも、おれの資料がそういうふうに傾いていたせいもあるが、署長は功をあせりがちな男でね……」

そう言って勢良は頭をかいた。

「あの署長は、いつもそうだよ。しかし、捜査はあくまで事実の積みあげだ。他人に頭から犯人をきめてかかられて、それに事実を帰納してゆくんじゃこっちはつらい。それよりも、今は、下からこちこち疑惑の空白を埋めていく段階だよ」

「おれもそう思う」

「と言ったって、君もおれもどっちかというと、きめてかかるほうだがね」

と言ってから木田は含み笑いをした。

「靴跡が三つしかないとすると、おれの推定がちがってくるよ」

「木田君、あんたは一味の中に結城郁子を嗅いでいるんだろ？」

「まあ、そうだ。郁子でなければ、ほかの女でいい。伽羅の主《ぬし》だ」

「香水にえらくこだわっているね。実は、郁子にたいする疑惑の点は署長にも話したんだよ」

「何と言った？」

「木田君の推理は一理ある。しかし、郁子が八日前に水潟に出没していたということは変だ。だいいち、夫の宗市が湯王寺に泊まっている、顔を合わせれば百年目だな」

「湯王寺だけが旅館じゃない、日奈久だって、人吉だってあるわけだぜ」

「そりゃあそうだが、しかし、どうも君の意見には承服しかねるね……おれはどうも郁子が宇津美荘の二人とグルだったとは思えんのだよ」

そう言って勢良は唇を嚙み、木田の顔をじっとみつめた。

「グルだったかどうだかは別として、犯人側に結城郁子を置いて考えてみることは、無茶でもなんでもないね。その後、東京から何か報告があったかね」

「何も言うてこん」

「そら見ろ、郁子が突然、行方不明になる必要がどこにある。しかも夫が失踪している最中だよ。夫の行方を捜してくれと水潟署へ依頼にきた女だぜ。その女が東京へ帰ったまま消息を絶っている……けしからん女だ。われわれが万が一、生きていた宗市を見つけたとして、彼女に宗市の住所を教えてやろうとしたって、どこへ報らせればいいかね。誰にも内証にせねばならん事情があったにしても、夫の消息を依頼しておいた僕らにだけは、引越先を教えるのが当然じゃないか」

「………」

「おれがひっかかるのはそこだ。郁子の挙動だけじゃない。彼女は水潟へきたとき、一人で駅におりた。おれはあんたの代理で迎えに行った。そのとき、おれはおどろいたんだ。安月給の保健医の細君にしては、少し身なりがよすぎると思った。その上、郁子が印象に似合わない妙な人ずれした声を出したとき、変な感じがした。ただの女じゃない、そういう感じなんだ」

黙ってきいていた勢良が反撥するように口をひらいた。

「おれは、美しい細君だなと見ただけだよ。署長もわざわざ郁子を室によんで事情をきいていた、まさか旦那が殺されているとは思わなかったからな」

「署長も君も、どうかしている。涙まじりの手紙一本だけを信用して、駅までおれに出迎えをたのんでいる。もし、あの女が犯人だったとしたら二人ともクビだぜ」

木田は不機嫌にそう言ったが、頭の中では、ちょうど十日ほど前、勢良のすわっている場所に、つつましく伏目がちにすわっていた郁子の、鼻梁のたかい、落ちついた憂い顔を思いうかべていた。「わたくしは木犀がすきですわ」と言った声が思いだされる。

〈あの女が、奇病の鴉の群れている山の中で夫殺しの一味と組むだろうか……〉

木田もまた自信がぐらついてくるのだった。それはスリ硝子の向こうの写真のように、曖昧にぼけて見える。郁子が捉えようのない影の中にいるようだった。

「君はあの晩から寝られたかね」

勢良が話題をかえた。

「鴉を見たあとか」

「そう。おれはあの晩から一睡もできんのだ。今日もあの現場へ行ってみた。鴉は松の枝の上にとまっていたが、あれはあのまま死んでいるらしい、枝にこびりついたままだ。石を投げても動かなかったよ」

「………」

木田は目をほそめて黙っていた。

「今夜はこれで帰る。すまんが、このノートを読んでおいてくれ」

時計を見たのち、勢良は茶色のうすい革鞄から大学ノートを取りだし、机の上に置いた。その表紙は土でよごれている。木田が手に取ってみると、まだしめっていた。鴉の踏み歩いたノート、結城宗市の書いたノートである。

「署長とおれが読んだだけだ。これといったことが書いてあるわけじゃない。しかし、ずいぶんまじめな探訪ぶりだよ。シンから奇病の研究にきていたらしいことがわかるね。読後の君の意見がききたい……」

そして、勢良は玄関を出しなに心の中で言いかねていたことを吐き出すように言った。

「おれはやっぱり二人組が怪しいと思うな。奈良屋からおびき出した奴がいるだろ、クリーム色のジャンパーの男だ。あの男の年頃が浦野と酷似している。こいつが古前要蔵なんだと思うよ」

これでは、捜査本部も、勢良も、おれも、混迷の中に立ったままだ、謎に振りまわされているにすぎん、と木田は思った。そして、寒い廊下に突っ立ったまま、表の暗がりへ怒った肩を消してゆく勢良警部補の姿を見送っていた。

この日も新聞は、漁業保障問題で工場へ陳情した漁民代表が、全不知火海沿岸漁民の立ち上がり資金として、総額一億円を要求したことを報じていた。

水潟患者互助会の代表をのぞく、八代、葦北の沿岸九カ村の代表と漁業組合の理事をまじえた一行が、東洋化成工場長に面会を申し込んだ。この日、これまで団体交渉に応じなかった工場側は、工場長のかわりに西村副工場長を出して、代表との交渉に応じたのだった。

漁民側の一行が提示した要求は、一億円の保障額のほかに、工場が、古幡、百巻に流している汚水を即時停止すること、汚水の充ちている沿岸を浚渫《しゅんせつ》することなどである。副工場長はいんぎんに返答した。

「私一存では、確答はしかねます。来月になると東京で食品衛生調査会がひらかれますので、この会場で、水産庁、通産省の代表もまじえて、水潟病問題の中間発表があるはずです。この発表をみて善処を考えたい。しかし、いつも申しますように、工場としては奇病の責任を全面的に負うのには、不賛成であります。病因究明があいまいであり、いまだに南九州大学でも理論的に結論がうまれておりません。工場がその原因であると誰も言えないのです。しかし工場としましては、水潟漁業協組に三百万円の金がすでに出してあるので、当分はこれでかんべんしてほしいと思います。また、早急に汚水流しをやめてくれという注文ですが、即時中止は工場機能をストップせよということにもきこえます。工場が機能をとめることは、ひとり工場だけの問題ではありません、水潟市民全体の問題にもかかわってくると思います。工場では奇病の原因をつくっているという責任からではなくて、当然、これまで考えねばならなかった汚水の処理も、突貫工事でいそいでおります。これは衆知の事実で、年末までには、この工事の目鼻がつくと思います。それまで待っていただきたいのです……沿岸浚渫の問題は、ひと口にやると申しましても大問題で、簡単にはできません。また問題の百巻湾を干拓して、これを無償交付するという立案も出ていることですし、もうしばらくこの点の答えも保留させていただきたいと思います」

副工場長の返答ぶりは理の通ったものであったが、漁民側にとっては、確答の得られた条項は何もなかった。

二十日の漁民大会では、一億円の漁業保障を要求することに決議し、県庁、本省などに陳情団をおくり、水潟奇病の現実を深く認識してもらうために、国会調査団の招聘《しようへい》をも決議していた。しかし現実には、漁民側と工場側のシーソーゲームのようなやりとりが繰りかえされているにすぎなかった。


木田が新聞を読んでいるそばから、静枝が横目でその記事を見ていた。

「船浦の猿本さんという患者さんを知ってますか」

突然、彼女が口をはさんだ。

「尺八を吹く男だろ、あの男は奇病にかかっても尺八を吹いとる。それがどうかしたのか」

「お隣りの飯野さんにきいたんですがね……」

と静枝は、傍らで寝ている子供を気にしながら言った。

「あのかたは、漁師の組合に入ってなかったために、組合から保障金を貰えなかったといって、人夫の山本さんと二人で工場へ陳情に行きんさったとです、昨日……」

「おかしな話だな。水潟市会が運動して、市に居住する患者の家族には三万円ずつ出ているはずだ」

「それが、猿本さんと山本さんだけにはあたらないとですよ。だって、あれは漁業組合におりた金でっしょう」

「そんな馬鹿なことがあるか」

思わず昂奮した木田の怒声に、眠っていた子供が寝がえりをうった。

――工場は、漁民を見殺しにするわけにゆくまいといって、水潟市漁業組会長が市長を仲だちにして、とりあえず奇病発生部落だけの組合員に死亡者にたいする一時金は別として見舞金三百万円を出した。これは新聞で西村副工場長の答弁として書かれたとおりである。しかしこの金は全額が奇病患者に配布されたものではなかった。県当局や、国会、本省に陳情する代表の旅費や宿泊費にもなったし、その他の運動資金にも相当額が費されていた。肝心の奇病患者八十数名の家族に渡った金は一戸あて三万円しかなかった。この噂はかなり市中をにぎわしたが、その三万円が、二人の患者に渡っていないというのだった。

静枝は隣家の飯野という職業指導所員の細君から聞き知ったらしい。嘘ではなさそうである。飯野は失業対策関係を受けもっており、日傭人夫としてくる猿本や山本を斡旋《あっせん》していたのである。

猿本は船をもっていない。漁獲技術もなかった。日傭いに石灰小屋や船着場へやとわれていたのだ。偶然に、猿本は船浦の荷揚場に働いていてエビを喰った。大きな伊勢エビである。彼は、荷主に五匹もらってそれを夕食の代りにした。病気にかかったのはその翌日であった。彼は、アリラン酒を三合のんで寝た。朝になって手足がふるえだし、歩けなくなった。失業対策人夫の彼は、漁業組合員ではなかった。それで組合におりた金を貰うわけにゆかなかったというのだ——

「二人で工場へ陳情に行きんさって、追いかえされてきなさったとです」

静枝が低い声でつぶやくように言った。

〈なぜ、漁業組合の幹部は、この患者に三万円の金をやらなかったのだろう。国会へ陳情に行くよりも、二人の患者を見殺しの状態から救うことのほうが大切だろうに……何かが狂っている〉

尺八を吹いている失業対策人夫の猿本を、木田は明日にでも見舞ってやろうと思った。

第八章　結城宗市のノート

結城宗市のノートはこんな書き出しではじまっていた。

十月二日　晴

滝堂部落志木佐平を訪ねる。この部落は水潟市より海岸ぞいに約二キロ入りたる入江にあり。志木さん宅は道路より山へのぼりたる一軒家。トタンぶきの小さな家で、街道の埃をあびた屋根は白く、玄関横に炊事場が見え焚火のあとで真黒になっていた。食器類がすぐ土間の上に置きはなしてあり、不潔感ひどし。豚の餌を煮ているので臭気ふんぷん。志木さんは四十七歳でやせた人。この人は水潟奇病患者互助会長で、水潟漁業組合からの紹介で訪ねてきたというと喜んで迎えてくれた。三年前の春、イサコ、コウイチの二人の子供を奇病で失い、現在細君たつは自宅療養中であった。

東京の保健所の説明をしたあと、志木さんの警戒心をとき、家の奥に上がった。たつさんの寝所は北向きのほぼ三畳ぐらいの板の間で、綿のでた黒いふとんの上で、仰向けに寝ていた。

「たつぅ、たつぅ、東京から、先生ばきんさったぞ」

佐平さんが戸口で言った。佐平さんについて暗がりの部屋に入る。北向きの戸を少しあけてもらう。莚のように薄いふとん。汚物で臭気がひどい。髪の乱れた頭だけが大きく、骨だけとしか思えぬやせた女が、棒のような足をたて、片膝の上にボロをかけ、片膝のくるぶしは露出。疲膚はつるし柿の肌のようにしなびて黒ずんでいる。胸の上で手をくんでいたが、時折、ぴくぴくと動かすだけで外訪者には何らの反応なし。何も言わない。薄目をひらいて天井を見つめていた。

「療養ばしとったとですが、なおらんちゅうもんで、つれて戻ったとですばい。ことしの二月にここに寝たままですけんな。ものも言いよらんし、めしも喰いよらん、こげんして寝とっち……」

佐平さんは戸を閉め、寝所を出る。自分も状況の悽絶さに茫然自失、水潟奇病患者を最初に見た印象はただ驚愕につきる。

縁先で、蜜柑とお茶をもてなされながら雑談する。

○原因は工場にあるか。

答　工場の廃水は、昔から古木島ウチに流され、星の浦、滝堂のボラ漁師だけが最初に罹患していた。これは工場が原因の証拠である。古木島ウチは沿岸一のボラを漁獲できたが、二年ほど前から底びきに転業、エビ、チヌを獲ることにした。エビ、チヌを売ったあとを主食にしていた。星の浦二名、滝堂二名、自分の子供一名の奇病患者をみた。古木島ウチに工場のドベは三メートルもつもり、汚染度は沿岸一と言われた。はじめは南九州大学に入れられ、のち伝染病隔離病棟に入れられた。チフス、日本脳炎患者たちと同室にいたが、病状はひとりだけ異状で、一間《けん》もベッドの間を飛びはねたり、廊下に出て、くるくる横転絶叫したりした。患者たちの反撥をくい、のち再び大学にもどった。猫、カラスなどと一緒に実験されていたが四月に死亡した。工場の廃水が、この子を殺したと思う以外に原因は考えられない。古木島の海は水銀で汚れていても、自分たちにはたった一箇所の漁場であると言う。

○漁業をやめて家族は何によって生活をささえているか。

答　今は古木島をみて夢うつつにしのぶだけである。舟を売って、炭焼きや石灰山のトロッコ押し、トラックの上乗りなどに転業するものがあるが、自分は老齢で労働には耐えられない。しかも家に病人がいるので看病の役もあり、毎日ぶらぶらしている。この春、東洋化成から一戸あたり三万円の金がおりたが、借金に廻した。資金として立ち上がる程度の金額をほしいと思って患者互助同盟を結成し、週に一度、工場、市役所、漁連に陳情している。この陳情が今の仕事である。現在、食事は芋、麦などにてすごす。

夕刻、同部落の鶫藤治作、瀬木チカを訪ねる。いずれも患者は志木たつと同様、不潔な納戸の中で莚の上に寝ていた。

十月三日　晴

水潟市立病院に奇病患者を訪ねた。谷副院長に種々の教示をうけたが、そのうち臨床的観察の四例を筆記させてもらった。

〔第一例〕茂田はな　二十八歳　女

職業　漁業。

発病年月日　昭和三十三年七月十三日。

主訴　手指のしびれ感、聴力障碍、歩行障碍、意識障碍、狂躁状態。

既往歴　生来頑健にして著患を知らない。

家族歴　特記すべき遺伝関係を認めないが、同胞六名中、八歳の末弟が三十一年五月以来同様の中枢神経疾患に罹患している。

食習慣の特異性　特記すべきものなし。

現病歴　七月十三日から両手二、三、四指にしびれ感を自覚し、十五日には口唇がしびれ、耳が遠くなった。十八日には草履がうまくはけず、歩行が失調性となった。またその頃から言語障碍が現われ、手指震顫《しんせん》、不随意運動が認められた。八月に入ると歩行困難がおこり、七日水潟市立病院にきたが、翌日より震顫様運動が激しく、ときどき犬吠様の叫声を発して全くの狂躁状態となった。睡眠薬を投与すると、就眠するようではあるが、四肢の不随意運動は停止しない。上記の症状が二十六日頃までつづいた。食物を摂取しないために、全身の衰弱が著明となり、不随意運動はかえって幾分緩徐となって同月三十日入院した。なお発病以来発熱は見られなかったが、二十六日より三十八度代の熱がつづいている。

入院時の所見は、骨骼は小にして栄養甚しく衰え、意識は全く消失していた。顔貌は老人様。約一分間の間隔をもって、顔面を苦悶状に硬直させ、口を大きく開いて犬吠様の叫声を発するが言葉とはならない。その際同時に四肢の震顫運動を伴い、軀幹を硬直させ後弓反張が認められた。体温三十八・九度C、脈搏数は一〇五で頻にして小、緊張は不良、瞳孔は縮小し対光反射は遅鈍。結膜に貧血、黄疸なく眼瞼下垂も認められない。肺に理学的所見を認めない。腹部はいちじるしく陥没し、腹壁の緊張が強い。神経症状としては二頭筋反射、三頭筋反射、膝蓋腱反射、アキレス腱反射ともに減弱しているが、腹壁反射は正常で病的反射は認められなかった。指鼻試験は検査不能、眼底所見異常なし。視野は検査不能。

入院経過は、翌日から鼻腔栄養を開始。三十一日は入院当日と同様の不随意運動をつづけていたが、九月一日になると運動がしずまり筋緊張はかえって減弱し、四肢に触れても反応を示さなくなった。体温三十九・一度C、脈搏数一二二、呼吸数三十三、一般状態は悪化した。翌二日午前二時頃再び不随意運動が始まり、やがて狂躁状態となって叫声を発し、震顫様運動を反覆するにいたった。フェノバルビタールの注射により午前十時頃不随意運動しずまり睡眠に入った。午後四時には脈搏数一二〇、頻にして小、緊張は微弱、血圧90/62mmHgで対光反射は遅鈍、四肢の筋緊張は減弱。午後十時に呼吸数五十六、脈搏数一二〇、血圧70/60mmHgとなり、翌三日午前三時三十五分死亡した。

臨床的には、拱手傍観《きようしゆ》にみえる。これでは、まるで動物を殺すように眺めているだけの処置なり。方法として仕方なかったのかと質問したところ、谷副院長は次のように答えた。

「南九州大の指示をうけて、臨床的に手当を施していただけである。病因が不明であり、しかも、病人は狂躁状態に入ると、叫声を発し、ふるえだし、看護婦も手出しができない。ただ眺めているしかない。奇病治療の方法は、病因が不明である以上、手さぐりというほかはない」

「少しは、よくなった患者はないか」

「米の浦の人で、二十二歳の男子が入院三カ月間でよくなった。もっとも、これは軽症で入院してきた場合である。栄養注射や、食事療法で見ちがえるようによくなった例もある。しかし全快はむずかしい。この患者は半癈人になって自宅にいる」

病棟は集団治療室にて、一室に患者七名ずつ。特殊病棟の落成が急がれる、と副院長は本館と棟つづきに建築中の奇病病棟を案内してくれた。

〔第二例〕川本みつ　四十二歳　女

職業　漁業。

発病年月日　昭和三十三年五月八日。
主訴　手、口唇、周囲のしびれ感、震顫、言語障碍、歩行障碍、狂躁状態。
既往歴　生来頑健にして著患を知らない。
食習慣の特異性は、水潟湾内で獲ったコノシロ、グチ、カキ、ビナ等をほとんど毎日生《なま》のまたべている。特に注目すべきは、魚の内臓、頭が好きで、尾部のほうを主人に与え、患者は腹部より頭の部分をたべている点である。

現病歴は、三十三年五月八日から、両手指先のしびれ感を覚えるようになり、次第に前腕に及び、さらに口唇、口囲にも感ずるようになっている。六月に入ると手の震顫がはじまり、七月には言語は長くひっぱり、且つ、もつれ、また歩行が失調性となり、八月十日頃からは歩行不能に陥った。十九日頃からは感情の易転性つよく、泣いたり叫んだり、ときには狂躁状態となり、二十日からは人の識別が不能となった。さらに手足の不随意運動が加わってきた。また二十日から約一週間尿失禁、屎失禁が持続。八月三十日に入院した。

入院時の所見は、強迫失笑、強迫涕泣あり、精神状態は不安、絶えず震顫運動をくりかえし、ときには犬吠様の叫声を発した。入院経過は、入院後精神神経症状は悪化し、九月四日に意識溷濁《こんだく》、顔貌は仮面状を呈し、震顫運動はげしく、ときに弓反張を示すにいたった。四日よりデルタコートン一日十ミリグラムを三日間使用したところ七日には意識回復し、八日には起坐可能となり、震顫運動もまた減弱した。九日には筋強剛も軽減し、十二日には失調性ながらも歩行可能となり、言語はなお著明な断綴性蹉跌《さてつ》性を示したが理解可能となった。十七日頃には雑誌を読む程度に回復したが、感情の易転性が強く、嫉妬深いことが注目された。十月一日よりデトキノール連日二〇cc、さらに六日より十七日までバル連日六百ミリグラムの治療を開始したところ、錐体《すいたい》外路性症状は入院時に比して次第に改善を見、自分で煙草を喫えるようになり、食事もほとんどこぼさなくなっている。

〔第三例〕 上野太市郎 二十六歳 男

職業 大工、運転手、漁業。

発病年月日 昭和三十三年七月下旬。

主訴 上下肢のしびれ感、言語障碍、歩行障碍。

既往歴 生来頑健にして著患を知らない。酒は週に二三回で一回三合程度。

食習慣の特異性 近海のタコ、タチ、キスゴ、コノシロ、ビナ等をたべていたが、発病前一カ月頃から、生でたべるとおいしいことに気づき、タチ、コノシロ等を好んで生食した。

経過 三十三年七月下旬のある日、焼酎を約二合半のんで三時間位眠ったのち、めざめてみると両上肢、右足蹠がしびれているのに気づいた。その後次第に口唇、舌にもしびれ感が現われ、言語は緩慢、長くひき、どもるようで、歩行も失調性となった。下駄をはくと当初はわかるが、次第にはいている感じがなくなる。また視野の狭窄がはじまり、正面は見えるが側方は見えにくくなった。

〔第四例〕　兼持伊三　五十七歳　男

職業　漁業。

発病年月日　昭和三十三年八月十七日。

主訴　手指、上口唇、舌のしびれ感、言語障碍、聴覚障碍、及び震顫。

既往歴　二十三歳のとき肋膜炎、性病罹患は否定。

家族歴　同胞五名のうち二名脳卒中で死亡。

食習慣の特異性　水潟沿岸で獲ったコノシロ、ボラ、エビ、カニ、カキ、ビナ等のうち、生きのいい魚類は市場に売り、残りをたべていた。特に患者は船の中でコノシロを刺身にして毎日朝食代りにたべ、またこれらの魚類の内臓を好んでたべている。なお毎日晩酌に焼酎を一二合のむ。

経過　八月十七日朝より上口唇のしびれ感に気づいた。十八、九日は頭痛があり、発熱はなかった。二十四日より両手の指にしびれ感を覚えるようになり、二十六日夜には洗髪の際に頭部のしびれ感に気づいている。しかし、その後も相かわらず漁に出ていた。九月十四日夜、いつもより少し多量に飲酒したところ、翌朝から、言語障碍、聴覚障碍、歩行障碍をきたし、言語はほとんど理解し得ず、歩行は失調性となり、十八日には震顫甚しく食事もとれなくなって入院した。

患者の食事の特異性をみると、すべてがコノシロ、ボラ、アワビなど、とくに生のまま大量に摂取している点が注意をひく。

「生のままたべることと病気と関係があるのではないか」

「ここらあたりの漁師は、すべて生でたべています。子供もみなそうです。腹がへっていると非常にうまいものらしい。しかも、飯のかわりに舟の上で喰うのです。朝鮮酒といって、ここらあたりでアリラン酒ともいいますが、焼酎を舟の中へもって行き、みんな仕事の合間に一杯やります」

谷副院長は漁師の食習慣をこのように説明した。自分は志木佐平を訪ねたとき、あのすすけた軒端の台所と、暗い隅に食器類が汚れたまま放置されてあったのを思いうかべる。極度の貧困家族に患者が多いようだ。

午後から患者部落をたずねる。

滝堂　鶏藤治作、安次

角堂　木山はな、南さと

星の浦　杉山勘三

船浦　山本甚一

船浦部落の山本氏は四十二歳。古幡の川っぷちに近い底地にある三畳ひと間《ま》の物置小舎のような家で寝ていた。半身不随、言葉はききとりにくかったが、訪問を心から迎えてくれた。山本氏は看護をしてくれる身内は誰もいないという。五月に角島の漁場へ日傭いで働きに出、アワビのはらわたを喰った。その直後から、体にふるえがきた。日傭人夫で漁業組合に加入していないため、組合が一戸あて三万円の保障金を渡した際、山本氏は該当しないという理由でもらっていない。

「わしは一銭も奇病の保障はもらっとりまっせん。わしは日傭人夫じゃけんな」

と山本氏は言った。漁業組合が工場から出た一時金を、どのように配分したか、組合員以外の患者には渡らなかったらしい。山本氏の憤懣もわかる。いろいろの問題が、漁民側の中にも含まれているように思われる。

十月四日　晴

滝堂　鵜藤治作、安次の容態を見舞う。

星の浦　堂場しげ

津奈見　松木治平、浜とり

角島　三村七五郎

三村七五郎氏は、寝ていてもなかなかの弁舌家なり。語尾のふるえる患者独特のもの言いで、水潟湾の島・古木島の伝説について教えてくれる。

古木島は、歌里島という別名がある。むかし、天正《てんしょう》年間に島津と佐賀の竜造寺《りゅうぞうじ》が戦ったとき、島津の侍で河上左京という者がいた。その侍が水潟湾から船征した。左京の妻里《さと》は年若く美人、古木島にわたって夫の戦勝を祈った。波打ちぎわに石の塔をきずき、出陣を見送った。左京は竜造寺をやぶって無事帰国したが、そのとき妻はすでに病死していた。左京は妻をしのんで古木島の石塔をながめ、それからこの島を歌里島とよぶようになった。

三村氏の家は高台になっている。湾がひと目に見えた。そこから眺めると、古木島は舟をうかべたように平坦な感じだが、近づいてみると、見上げる丘陵となり古松の森もあるということなり。

「古木島沖に、むかし、弾丸と毒ガスば埋めたっち噂ばありますばってん、あれは東洋化成の言った嘘ですとばい。奇病の原因は毒ガスじゃなかとです。百巻へ流しとる工場の汚水に水銀がまじっとるとです。水銀ばのんじょる魚を喰えば、人間が気ちがいになるなあ道理ですけんな」

七五郎氏はそう言った。工場排水が原因であることは患者にしみ通っている。

十月五日　早朝、熊本市に向かう。

南九州医学会をたずね斎木博士と会見する。水潟病にかかったカラスならびにネコについての実験的検証の成果をきく。

ネコが発病するとやや元気がなくなり、毛の艶がわるくなり、僅かに脱毛する。のち、歩行にあたって失調性となる。各種の運動を負荷すると次第に失調をあらわす。頸部の震顫をみる。失明を伴う例もあり。何より定型的なのは痙攣発作の現われること。発作前に倒立様運動をするものがあり、異様な動作後に、部分的痙攣あるいは全身痙攣をみる。強直性ないし間代性痙攣で全身性の場合は、あたかも人間のてんかん様痙攣を思わせる。

①水潟地方のネコに発生している痙攣発作ないし運動障碍を伴う奇病は、人間に発生したる水潟病と同一疾患なり。

②ネコ奇病の本態は中毒性脳症であると考えらる。

③ネコにおいてもっとも障碍される臓器は脳髄を主体とする中枢神経系統で、比較的広範囲の不定部位を侵し、終脳核群、間脳および大脳半球および小脳などが侵されやすし。

④障碍部の脳神経細胞には崩壊消失によるその脱落、重篤変化、変性変化、萎縮等の退行性変化が強く現わる。人間も同じ。

⑤小脳では顆粒《かりゅう》細胞脱落が顕著で、いわゆる顆粒細胞型萎縮像を示すもの多し。

⑥ネコにおける神経細胞のノイロノファギーは人間の場合より少ない。

⑦血管周囲の浮腫は人間の場合にみられるよりも強く、外膜部の嚢胞《のうほう》状拡張は比較的稀なり。

⑧神経組織の壊死軟化および出血が認められるも、人間の場合ほど顕著ならず。

⑨血管細胞浸潤およびグリア細胞のビマン性ないし限局性増殖等は、人間における場合と全く同様なり。

⑩一般臓器には特徴的病変を認めにくし。

カラスは奇病にかかると立位をとれない。翼の運動も不自由で、歩行および飛翔不能である。しかし、水は摂取しうる。

①カラスは水潟沿岸において多数水潟病に罹患しあり。

②鳥類における本症もまた人間と同様、その本態は中毒性脳症なり。

③鳥類における本症の主要病変は、中枢神経系における神経細胞の各種退行性変化と血管壁変化なり。

④神経細胞の退行性変化としては重篤変化なるも、ノイロノファギーは最も特徴的で人間の場合より一層顕著なり。

⑤神経細胞の障碍は多少の好発部位があり、主として大脳半球、終脳核、間脳、小脳等の灰白質が侵される。その他の部位も障碍されうる。小脳顆粒細胞脱落は人間やネコほどに顕著ならず。

⑥血管変化としては嚢胞状拡張が特徴的なり。

⑦グリアの増殖は障碍部にビマン性、あるいは部位によっては稀に限局性に認めらる。

⑧一般臓器には特徴的変化を見いだしにくし。

教室を出て、隣室の中林助教授に奇病原因についてきく。

南九州大学は、最初、マンガン説、セレン説、タリウム説など、病原をひきだすに相当の曲折をかさねた。有機水銀説に意見がたかまったのは、この四月。ネコ、カラスに水銀をあたえた状況が、失調、失明、下痢、脱毛、けいれん、すべて奇病の人間と酷似せるためなり。ただちに水潟湾の泥土分析をはじめる。百巻湾排水口のドベの中から、ドベ一トンにあたり二キロの水銀が含まれていることを分析検出した。山中合成熊本工場排水口のドベとくらべ、約一千倍の含有量なり。つづいて、魚介類の水銀分析。水潟の魚介は熊本市の魚介より百倍も水銀を含有せること判明。さらに、このことは奇病患者の尿中から多量の水銀が発見された事実と照合される。大きく病原説に水銀がうかび上がるにいたる。東洋化成工場の製造過程を調べてみるに、醋酸、硫酸、塩化ビニールを作るに、すべて水銀を使う。理学部が、工場のデーターからはじき出してみるに、六百トンの水銀が海中に流出していること判明。ながい水銀流出がつみ重なり、ついに魚介を通じて人間にまで発病した。この見方が強まるや、研究陣はこおどりせり。しかし、工場が流水している水銀は金属水銀として流されているため、病原と思われる有機水銀となる過程がわからず、現在なおこの証明が残されている。水潟病の毒は特殊の有機水銀である。アレルギー水銀でなければ、いかなる形の有機水銀か。この点の解決は今日も不明である、云々。

中林助教授から説明をきいたあと、公衆衛生教室の壇助教授にもうかがう。

魚や貝で中毒した例はあるが、どの魚介類を喰っても中毒するという例は未曾有のことなり。重金属中毒の例とぼしく、比較文献がとぼしかったため研究にとまどう。また、重金属の中毒症状はよく似ていて判別しにくい。物質がそのままの形で魚の体内に入っているわけではなく、実験も時間がかかった。おまけに研究費は年一人二万円しかない状態で、研究は若い人々の情熱でここまできたというべし。原因究明がおくれるのはやむを得ない。云々。

南九州大学の研究は自発的に出発したものといえる。発病当初、県や市当局は何らの研究予算も組んでいない。この一事は驚嘆にあたいする。また研究陣も、水潟市の背景となる東洋化成資本への気がねや遠慮がなかったかについて疑問が生じたため、この件をただすと、

「工場排水だということは最初からわかっていたが、県随一の工場であるから県や市当局も遠慮があるようだった。学界が工場を攻撃することで、もし、工場が他県に取られれば、県民のためにプラスにはならないという見方もあった」

と助教授は断言せり。学者の良心を売りわたした教授もいたとみるべきか。

具体的に、どういう働きかけがあったかをたずねたが、回答はなし。

この日、大急ぎで水潟に帰り滝堂部落を訪れる。そして、たまたま知り合った水潟市の医者木田民平氏より、百巻排水口が古幡排水口に移されたため、古幡に新患者が出たという事実をきく。この事実と、大学できいた病因説とは一致すると思えた。

すると、東京を出発する際、新聞の綴込みで見たR大堂間博士の中間発表はどういうことになるか。博士は水潟湾の水質を分析し、他海区の水と比べて、水銀含有量はさほどにかわらないと断言している。とくに水潟湾が水銀を多量に含んでいるとする南九州大学の意見に不満の旨を発表している。これは変だ。南九州大学の説によれば、東洋化成は塩化ビニール、硫酸、醋酸、可塑剤をつくる。このうち可塑剤だけは全国生産量の八〇パーセントをしめ、他の工場は、わずかしか作っていない。可塑剤は塩化ビニールの接着剤ともいうべきものなり。この特殊条件下にある工場を、一般工場の場合と同一視することは奇異というべきなり。しかも、学者が同じ水を分析して、この大なる喰いちがいはどこからくるのか。水質試験方法に誤算があったか。

東洋化成工場は、工場の中に独立の研究所をもち、大学側とは別個に水潟病因を研究しているという。工場側は水銀説を否定するが、何によって否定し得るか、その根拠とする材料に興味あり。明朝工場を訪ねて、その裏づけをきいてみたい。

結城宗市のノートはここで切れていた。木田は読みおわって、この記録が途中で切れていることに、ある失望を感じた。それは、張り切った綱がぷつんと断ち切られたような味けなさで切れているためだった。十月二日から、結城は異常な情熱をこめて奇病ととっくんでいる。患者、医者、その他を訪問して、熱心にその記録をとっている。しかしそれが、五日の熊本行および木田との出会いを最後にして中断しているのである。木田は不思議な気がしてならなかった。

結城宗市は神経科を専攻しただけに、鴉や猫の脳に及んだ状況を詳細に聞き書きしている。このノートを読むと、宗市は奇病の原因について非常な関心をもち、いよいよ東洋化成工場を訪ねたいと、その意志をもらしているのだ。はたして六日か七日に結城は工場へ行っただろうか、このノートではわからなかった。おそらく、彼の情熱にみちた記録の仕方では、工場へ出向いて行ったのではあるまいか、木田はそう思いたかった。しかし、その見聞は何も書かれていないのだった。五日以後は空白なのだ。

木田はその空白のページにある謎を感じとろうと努めた。

〈結城宗市はなぜペンを折ったか。翌六日、工場を訪ねた。そこで所定の探訪をした。そのとき、誰かに会ったにちがいない。結城は奈良屋に帰った。その夜から、ノートに記録することはしなくなった。何も書く必要がなくなった……そうでなければ、この尻切れトンボのようなノートの意味がのみこめないではないか。しかし、そんなことがあるだろうか。工場では誰に会ったのだろうか。当然、研究所の連中に会ったことは想像できるが、そのことで、ノートが、さらに奇病についての問題を記録し得る成果となるだけで、中断せねばならない理由は考えにくい。誰かが働きかけないかぎり、この記録の中断は不可解である。結城宗市にノートの中断を迫った人間がいたとしたら、それはいったい誰だろう……〉

木田はノートを取りあげてぱらぱらとめくってみた。正確な細い文字が、結城の性格をあらわしているようだった。

〈しかし、一保健医のいわば熱心な奇病研究に、おせっかいを焼くような人間がいるなどとは常識的にも考えられない……ひょっとしたら、宗市が何か工場の秘密をノートに書いたのではないか。そうだ、それはあり得ることだ。だが、それは何だろう。しかし、工場が極秘で何かを研究しているならば、そこへ一訪問者を入れるかどうか……はたして工場が秘密をもっているかどうか……〉

木田は、さらにもう一度ノートを読み返すべく机に向かった。

その翌朝、学校へ行く娘が玄関にランドセルを放りだして静枝と何かやかましく喋っていた。木田は睡気のとれないぼんやりした顔で廊下を通り、歯ブラシを口にくわえながら新聞受けをのぞいた。妻と娘の声がきこえてくる。

「白のそろいのブルーマをはくのよ」

「みんなが同じものをはいて出るの？　先生がそう言ったの？」

「そうよ」

「へえ、みんながそろえば、きれいでしょうね」

運動会のことらしかった。木田が玄関に出て新聞をひろげたとき、娘の赤いランドセルからはみ出ている教科書がチラッと見えた。さらに、教科書にはさまっているノートが見えた。瞬間、木田はハッとした。昨夜の結城宗市のノートを思いだしたのだった。

〈あのノートは、娘のノートと同じものかもしれない。大学ノートみたいだな……〉

木田は思わず息をのんだ。

〈結城のノートは、誰かにちぎられてはいないだろうか〉

睡気をふっとばした木田は娘のランドセルからノートを取りだし、さらに診療室から自分のノートを三冊持ちだした。そして結城のノートとくらべてみた。偶然にも、それは木田のノートと同じものであった。カモメ印というメーカーのものである。木田は昔から書き損じてもノートをちぎることはしなかった。頁数は買った当初のまま残っている。

枚数をかぞえはじめた木田の手がかすかにふるえた。そのあとで結城のノートもかぞえた。

木田は思わず声をあげそうになった。

結城宗市のノートは木田のノートよりも五枚分少ない。木田は綴じ糸の箇所をよく見た。かすかにたるんでいる。それは森の中に捨ててあったためにたるんだのだろうか。いや、あきらかに、誰かが破き去ったとしか思えないたるみかたである。

〈何も書かれていない白紙の部分をちぎるということは先ずあり得ない。ちぎられた部分には何かが書かれてあったに相違ないのだ。誰がちぎったのだろう。犯人か。犯人がちぎって死体のそばに置いたのか……しかし、そこに不利な記録がのこされているのを、そのまま放置しておく犯人はいない。このノートは、かんじんのことは抹消されている。結城の研究したらしい奇病の箇所だけが残されているのだ。その他の頁に、何が書かれてあったか……〉

木田は朝陽のさしこむ診察室の中に突っ立ったまま動かなかった。

「あなた、ごはんですよ」

奥の間でよぶ静枝の声がきこえた。われにかえった木田は、きびしい口調で妻に叫んだ。

「おれは、飯がすんだら化成工場へ出かける。急患があったら化成に電話しろ、いいか」

第九章　郁子

南九州の秋はおそい。今年はとくべつに雨が少なかった。そのせいか日中はまだ暑い。しかし暦は十一月に入ろうとしていた。朝早い空気は、さすがにひやりと木田の頰を打った。妻に合着を出させ、オートバイに注油をすませると木田はフルスピードで駅前に急行した。

工場はまるで市街から隔絶したように城の中にあった。市《まち》を歩いていて、工場の建物が新しく装備をかえたり、急に新築の鉄筋が浮かび上がったりしているのを見かけた。しかし、それは直接自分の生活と関係がないからだろうか、関心がうすかった。

十年来、水潟市に生きている木田は、この工場が昔まだ木造建築で、化学肥料だけを製造していた頃を思いえがいた。素朴な工場だった。いかめしい銀色の枠を光らせた変電装置もなければ、巨大な軍艦のように太い煙突もなかった。もちろん恐ろしい奇病患者も出ていなかったのだ。

木田が表門に着くと、びっくりして息をのんだ。塀のぐるりが有刺鉄線のバリケードではりめぐらされていたからだ。

守衛のいる横のくぐり門を入った。警察医木田民平の名刺を示した。

「研究所へ行くんです」

四十すぎの守衛は木田をじろりと見てから通行を許した。植込みと砂利が美しく玄関をいろどっている。木田は事務所のわきに車をとめ、鍵をかけた。それから研究所をさがして歩いた。ほこりっぽい土煙を巻きあげながら、たえずトラックや機材運搬車が通った。海岸に近づくほど工場の中が荒れて見える。入口の近代設備は消えて田舎くさい裏工場に変る。油だらけの作業衣がちらちらのぞかれた。ゼラルミンの平たい屋根をひろげた工場が海に向かって突堤のように延びていた。木田は、この工場の巨大さをあらためて認識した。

研究所は本館別棟の東端部にあった。受付で木田は来意をつげ、話のわかる人に会いたい旨を通じた。しばらくすると、二十七八の白い上っぱりをきた眼鏡の男が出てきた。

「今月の五六日ごろです、東京から結城という保健医がきたでしょう?」

「保健医?」

若者はカウンターに手をおいてしばらく考えていたが思いだせないらしい。

「ちょっと待ってください」

奥に入った。玄関はひっそりしている。研究室は白壁で遮断されており、工場の喧燥も、ここにいると全くきこえなかった。タタキに水が打ってある。と、そのとき木田は動物くさい匂いを嗅いだ。

〈ドべの匂いだ。実験室から匂ってくるらしいな〉

さっきの若者が現われた。横に四十すぎの背の高い男をつれてきていた。

「主任の池部です。どういう御用件ですか」

四十男が言った。木田は結城宗市の訪問について語った。

「ああ、若いお医者さんでしたね、東京の」

池部主任は、はげ上がった頭に片手をあてて思いだすふうに言った。

「みえましたよ。なかなか熱心なおかたでしたな」

「いつ参りましたか」

「そうですね……あれは、たしか六日でしたよ。私はあの日、奇病対策の社内協議会があったのでおぼえているんです」

木田は主任に、さしつかえなかったら、そのときの結城の質問事項と印象をきかせてくれないかとたのんだ。池部主任は木田の顔をちょっと怪訝な面持で眺めていたが、時間がたつにつれてうちとけた感じになり何でも喋った。

結城宗市は六日の午前十時頃やってきた。約一時間ばかり、工場の研究している奇病の原因追究についてノートして帰ったというのだ。

「たしかに記録していましたか」

「ええ、大学ノートを出されましてね」

その記録が結城の手許から消えているのだ。木田は、ここへきた目的が達せられたと思った。

「おたくの研究は、外部にきこえて困るというようなことはありませんか」

「………」

「つまり、これを知られると都合がわるいというような……」

「そんなことはありませんよ。応用医学のあなたたちと同じことですね。学問は自由です。私どもは世間で言われているように、真因を曲げたり、工場の都合のいい資料をつくるために奇病ととりくんでいるのではないんですよ」

善良そうな池部主任は、やや興奮してきたらしい。

「南九州大学で、どういう発表をしようと、あれはあれでたいへん結構なことだと思います。学者にはいろいろ意見があるべきです。いろいろ立場のちがった真実が発見されて、それが一般化せねばなりませんね。私どもで現在やっていますます水質の分析は、これで百二十五回目ですよ。いろんなデータが出るものですね」

主任はそう言うと、木田に研究室を見ないかとすすめた。木田には今その必要はなかった。ここへ結城がきていたなら、その次にどこへ行ったかを探らねばならない。ノートの空白を埋める覚悟でいるのだった。

「一時間ほどいて結城は帰ったんですね」

「ええ、そうです」

「それから、どこへ行くと言っていたか御存じありませんか」

「えーと、たしか、組合の事務所はどこへ行けばいいかとたずねられました……それから、水門ですね、排水口ですよ」

「組合と排水口ですね」

木田は鄭重《ていちょう》に礼をのべた。主任は玄関口で見送りながら穏やかにきいた。

「失礼ですが、何かあったのですか」

「ええ、その保健医さんが湯王寺で死体になっていたんです」

主任の顔色がかわった。まだ新聞を読んでいないらしいのだ。

「あの、それでは、ひょっとしたら……実は、あなたのこられる前に、もう一人、結城さんがこなかったか尋ねにきたかたがおられましたよ。そのかたも、その関係だったのかな……」

「それは、どういう人でした?」

木田は一二歩あともどって声をたかめた。

「女のかたですよ」

「女ですって……」

「ええ、黒いスーツを着た美しい人でした。東京からきたとだけおっしゃいましたが……」

「いつですか」

「そうですね、あれは、私が休日をとったあけの日だったから、二十一日です」

〈結城郁子ではないか。郁子はその日、湯王寺の奈良屋にいたはずだが……郁子がなぜ、ここへきたんだろうか〉

木田は研究室を立ち去って、とりあえず排水口と組合事務所を廻った。目的は結城宗市の足どりにあった。しかし今は、結城郁子の足どりにも疑問がもたれてきたのだ。

排水口には別に事務所があるわけではなく、運河のような埋立地の中を突っぱしる川に向けて、カーバイトの残滓液を土管で流している排口があるだけだった。そこは塀の外になっている。長い塀に土管は幾十となく口をあけていた。白いカーバイトの残滓が土管の底部にこびりついていて、乾いた澱粉のように茶色の土管を彩色していた。夜になると、そこから汚水が流れ出るのだった。

おそろしい奇病の原因がこの排水にあるとしたら、木田は、幾十となく並んだこの土管が、まるで悪魔の口のように思われ、おぞましい気持にかられた。汚水を呑む運河は、茶色のどろりとした溜り水になって空をうつしていた。

木田はしばらくそこに突っ立ったまま、結城宗市のこと、郁子のこと、そしてこの排水口のことを考えていた。宗市も郁子も、ここに来たという事実、それは、単に奇病の原因を探りたいという研究心からだけではないように思われる。この夫婦はどういう目的でここに立ったのだろうか。

木田は考えつづけながら工場の建物のある元の方角へ戻った。組合はいったん外へ出て学校横まで歩かねばならなかった。

守衛に目礼してから木田はたずねた。

「君、二十一日頃に、黒い洋服を着た女の訪問者を知らないかね」

「社員ですか。このごろは大勢の出入りがありますけん」

「東京からきた人だ」

「東京？　ああ、あの人ですか、美しい人でしたばい」

守衛の顔がはじめてほころんだ。

「あん人なら、研究所と、それから耐火煉瓦部の事務所ばききましたよ」

思わず木田はオートバイを門の端にぶっつけそうになった。

〈何の用があったんだろう。宗市も、そこへ行ったんだろうか〉

耐火煉瓦部は東洋化成の新設部門で、まだ工場は動いていない。来春早々には月産一億の煉瓦製造に着手するという新聞記事を見たことがあった。海水とカーバイトを化学的に処理して煉瓦を造る仕事だった。

「君、その耐火煉瓦部はどっちかね」

「本館の右を三百メートルほど行ってください。そこに建築中の建物が見えます。仮事務所はもう開いとりますけん」

オートバイを飛ばして行った。事務所はすぐみつかった。二十五六の男が出てきた。

「妙なことがあるもんですね。女の人が島崎と戸村という技師がいないかと訊くとですよ」

「それで?」

「うちにはまだ、東京からそんな技師はみえておりまっせん。今んところ、設備部がいるだけですからね。しかし、東京から二人の技師がきているはずだと言ってきかんとですよ」

「その女が、そう言ったのかね」

「ええ、こっちは何のこつか知りませんからね、うちと関係がないんだろうと返事したとです。そしたら、そん人は不審げにしつこく何度もききました」

「たしかに、そう言ったんだね」

「おかしなこつですよ。その島崎と戸村ちゅう人が会社の車に乗って、どっかへ行くのを見たとか、まるで狐につままれたみたいな話なんで、こっちも変になりましてね。それで、東京の本社へ電話のあったついでにきいてみたとです。すると、東京にもそういう技師はいまっせんでしたよ」

「ありがとう」

木田はオートバイの向きをかえると、フルスピードで工場をぬけ、表門を突っぱしった。目ざすは奈良屋であった。

〈どうして気がつかなかったのか。郁子がたずねた男、島崎と戸村というのは、結城宗市が泊まっていた奈良屋の新館にいた男ではないだろうか。そうだ、二人づれの客がいたはずだ……しかし、郁子はなぜ工場まで行って奈良屋の宿泊者の素姓を洗ったんだろう。あのとき、女中の民江は二人が東洋化成のものだと言った。耐火煉瓦の工事できていたと言った。おれは信用した。何という手落ちだろう。郁子は民江の話を聞きのがさなかったのだ……〉

木田はハンドルを痛いほど握りしめていた。

「新館のお客さまのことですか。あんとき、刑事さんに説明したとおりですよ。あの人たちは四日からお泊まりでした。お着きになる前に、工場の秘書課から電話がありましたとです。何でも、化成の工場に耐火煉瓦の部門が新設されるとかで、只今、水潟川の河口に工事中だとおっしゃいましてね、土木関係の技師さんとか言うとりましたとです」

性急な木田の質問に、奈良屋の女中民江は宿帳をかかえながら心もち顔色が蒼ざめていた。

「島崎と戸村という名だったかね」

「はい」

「年ごろは?」

「年上のほうは四十四五で小ぶとりのかたです。もう一人は三十七八でした。このかたは眼鏡をかけて、やせたかたでしたと」

宿帳には名前だけしか書かれていなかった。この男たちは工場に関係がないのだ。しかし、いま、それを民江に言ったところで仕方のないことであった。奈良屋は化成の秘書課から電話をうけていたのだから、信用したとしても不思議ではない。しかし、よく考えれば不審な点があったはずだ。第一、宿へ泊まるのに、耐火煉瓦だとか、土木だとか、河口の工事場だとか、前もって喋る必要があるだろうか。駅前の公衆電話からかけても秘書課からの電話として通用するのだから。

「結城郁子さんは、ここに何日いましたか」

「結城さんの奥さんですね。十九日にお着きになって、二十一日まで、まる二日おられたとです。二十一日の午後お発ちになりましたとです。朝は警察へ行かれたようでございましたが……」

「その奥さんが、あんたに、新館のお客さんのことをきいたのかね」

「はあ」

「それは、ここへ着いた日にきいたのかね、それとも、少したってからだったかね。どういうききかたをしたんだね」

「はあ、お着きになった日の夕方、いろいろ旦那さまの滞在なさっていた当時のことをおたずねになりました。どういうふうにって、ふつうのききかたでしたが……」

「奥さんが、その客のことをきいたとき、どういう顔つきだったか言ってくれんかね。よく思いだしてほしいんだ」

民江はちょっと困った表情になり、顔を赤らめた。

「そうですね、べつにどうという顔ではありまっせんでした。あの奥さまは、あまり顔に物ごとをお出しにならない、しずんだ性質のおかたのようでした……あ、そうそう、そんことに関係あるかどうか知りまっせんが、東京へ電話電報をお打ちになりましたよ」

「電報？　……その文面は、だれが電話で打ったかね」

「うちの若奥さまがいつもお打ちになりますとです。文面はわたしがききましたので、紙に書いてございます。電話料金の帳合も残してありますよ」

民江は帳場へ走ってすぐ紙切れをもってきた。字は郁子のものらしかった。

宛名は、東京都千代田区麹町三番町一番地　寺野井法律事務所　寺野井正蔵
二二ヒ、ウカガウ、ゼヒアイタシ、イクコ
郁子はこの電報を打って、すぐ宿をひき払ったというのである。

〈文面はなにげない用件のようにも受けとれるが、遠出の旅の宿から、ゼヒアイタシと打っているあたりに、何か急用ができたとも汲みとれないでもない。二十二日にうかがうとしてあるから、二十一日の急行で水潟を発ち、東京へ着いてすぐその事務所へ行く用事ができたのである。それは、何の用であろうか〉

木田は新しい興味がわくのをおぼえた。

〈しかし、この寺野井正蔵という弁護士らしい人物が、四日から七日まで奈良屋に泊まってい

た所属不明の土木技師を名のる男たちと関係があるとは即断しがたい。郁子は民江から二人の話をきいて、翌々日東洋化成へ出かけている。そして島崎と戸村のことをたずねている。郁子は化成へ行って、二人が偽名の男であることを知った。それで電報を打ったのか？　夫の宿泊中の客のことをききただしたとき、その名を頭にとどめておいて、二十一日に、化成へわざわざききに行ったのである。その郁子の行動が不思議である。郁子は、はじめから島崎、戸村という技師がここに泊まっていることを知っていたのかもしれない。そうでなければ、耐火煉瓦部まできき行く思いきったやりかたは、どこか異状である。郁子は、二人の男が宗市の滞在中にちょうど泊まっていたということで、何かを疑ったのかもしれない。その疑惑をつきとめるために化成に行って、二人の男の所在を知りたかったのだろう……すると、二人の偽技師とはいったい何者なのか。こいつらも、宗市の死と関連する男だろうか。そうでなければ……〉

木田は混乱する思考を整理しながら奈良屋の玄関先に立ちつづけていた。

〈郁子が水潟にきて奈良屋に泊まったのは、行方不明の夫の安否、したがって宗市滞在中の行動を調べるためもあったにちがいない。すると、郁子は民江にきいたジャンパー姿の訪問客のこと、もちろん技師のこと、いや、もっとほかにいろいろの調査をしたかもしれない。それは、研究所へ行って池部主任に会っていることでもわかる。組合へも行ったかもしれない。そうして、宗市の足どりを虱つぶしに調べ歩いているうちに、急に、島崎、戸村という客に関心がわいたとみてよい。どういう関心だろう、たんなる偶然……〉

木田は、奈良屋の田舎っぽい女中の顔を見返した。急に勢良が恋しくなった。あの男はどう思うだろう――

「民江さん、その紙切れをおれにくれんかね」

「ごいりようなら、どうぞ」

〈この紙切れが大事なんだ。郁子の指紋と筆蹟が生きている〉

木田は帰りしなに、崖の上の宇津美荘に寄ってみた。結城郁子はここへもきていた。偽博士と助手のことを訊ねにきたのだった。三十分ほどで帰ったという。

〈ますますおかしくなってきたぞ。この水潟の宿に、別々に二組《ふた》の偽者が泊まっていたこと。しかも、四日から八日前後に、この二組の男たちは、申し合わせたように東洋化成の名前を使っている。そして、その中間に位しているらしい結城宗市の死……一方、宗市の行方を調べた郁子が、この二組の身許を洗っている事実……〉

がらんとした捜査本部に、勢良警部補が一人だけ机に向かっていた。木田は入った瞬間、いつもに似合わないある空気を感じた。きびしい勢良の顔つき、坐っているうしろ姿が何か威厳にあふれていた。

「えらくひっそりしているじゃないか」

木田は自分で椅子をひきだして勝手に坐った。

「検挙なんだ」

「え?」

「化成の労組にいる藤崎といってね、栄町のバーで喧嘩をしよった」

「きいたことのある名だな」

「むかし、東京の大学で柔道部にいたとかいう奴でね、組合幹部の用心棒みたいな男なんだよ。こいつが、夜になると寮を出て盛り場で難題をふっかけよる」

「刺したのかね」

「相手は津奈見の漁師だよ。いがみ合いも、この頃は盛り場まで延長してきた。見るにみかねて、井田警部補が藤崎を検挙した。暴行傷害、いま刑事部屋で調書をつくっとる」

「刺された男は?」

「市立病院で五《いつ》針縫った。頭をやられたんだ」

「ほう」

「署長は御機嫌でね。つまり、化成の労組員を検挙したことは、漁民の感情をやわらげるかもしれんというのだ。政治的な匂いがずいぶん濃い。新聞に発表しろとけしかけている」

「ぱくられた男は迷惑だな」

「しかし、名分はたつ。五針縫っても傷害罪だからな」

勢良はそう言ってから木田をあらためて見直すように、

「往診鞄もたんで、どこへ行ってたんかね。実は、さっき君んところへ電話をしたんだ。化成へ行ったんだって?」

「うん、そのことで話があるんだ。勢良君、結城郁子はたしかにここにきたんだろ?」

「きたよ。出発する朝だったな」

「すると、汽車にのる前に、大急ぎで郁子は化成とここへきたわけだな」

「何の話だ」

勢良が椅子を寄せてきた。木田は朝からの調査を話した。

「君にききたいのは、その島崎と戸村という男のことだよ」

「奈良屋にも偽者がいたんか」

勢良は感心したようにそう言った。が、次第に目つきがかわってきた。

「木田君、こりゃあ大変なことになるな。宇津美荘の二人組と、その奈良屋の二人組がどこかで示し合わせていたとなると、結城宗市は奈良屋でも一味に監視されていたことになるぜ」

「すぐ東京へ電話して確かめてほしい。郁子の打った電報先だ。行方不明になった郁子の所在がわかるかもしれん、寺野井正蔵という男だ」

翌日の正午に航空便が届いた。東京富坂署の大里実男警部からの私信である。

お問い合わせの件について、まず報告します。寺野井正蔵氏は、たしかに該当住所におります。このかたは岩手県選出の国民党代議士の肩書をもったことのある人です。現在は、新橋土橋際にも法律事務所があります。表記の事務所と二つ事務所をもっているわけで、麴町の事務所は自宅をもかねています。寺野井氏は元建設大臣氏家《うじいえ》源吉氏の系統にあたる人で、代議士であった当時は建設委員会の重要メンバーであったことは印刷物にも出ていました。氏は前々回の総選挙で落選、爾来元の弁護士業をつづけているということです。明治四十年生まれですから五十をすぎているわけです。体格は小ぶとりで五尺三寸位、黒いロイド眼鏡をかけることもあるということです。係官が調査しましたら、二十二日の午後五時頃に麴町の事務所へ女性の訪問客があったということです。それがお尋ねの結城郁子であるかどうかは確定しておりません。というのは当日寺野井氏は某会社の顧問弁護士をしている都合で会議がひらかれ熱海《あたみ》にいた模様です。女性の客は、それをきくと早々に引きあげたということでした。黒いスーツ、長身、面長、美貌という点は、お尋ねの結城郁子と符合する点もあり、詳細に調査しましたが、この女がその後、熱海へ寺野井氏を追って出向いたかどうかはわかりません。寺野井氏は多忙で、旅行ばかりしていると受付の職員が言ったそうです。女は名刺も置かず、名前も言わなかったと言います。結城郁子が貴地から打った電報は寺野井氏に届いていない模様です。なぜなら、郁子が東京に着いた二十二日の午後は、すでに寺野井氏は熱海に出かけていたからです。しかしこの電報は、あるいは事務所から熱海へ連絡したかどうかとも考えられたので調査しましたが、結城郁子の電報を事務所で受けたという確認の返答をする者がいません。調査当日は休んでいた事務員もあった模様で、不徹底はまことに申しわけありません。寺野井氏と郁子との関係を訊ねましたが、職員たちは何も知っておりません。あるいは、その女性は寺野井氏の個人的知り合いではないかと思われます。

また、島崎、戸村という人物が関係していないかとの質問でしたが、これも事務所では誰も知りませんでした。

寺野井氏の家庭は一男三女があり、幸福な家庭です。女性問題で悶着があったことはないということでした。

結城郁子の行方は、当署としても心がけてゆくつもりです。とりあえず、お問い合わせの件について報告しました。


「複雑になってきたな」

と勢良警部補が言った。本部の部屋である。

「木田君、麴町の事務所に現われた女は郁子にちがいないよ。これはたしかだ」

「………」

「郁子は早々に引きあげたというが、おれは熱海まで寺野井を追って行ったような気がして仕方がない」

「なぜだい」

黙っていた木田が怒ったようにきいた。

「九州から電報を打ったんだ、急用があるにきまってるじゃないか」

「それはそうだ。しかし勢良君、おれは熱海に寺野井正蔵はいなかったような気がするんだ」

「ずいぶん飛躍するね」

「いや、飛躍じゃない。富坂署の手紙を読んでみろ、小ぶとりで五尺三寸位とあるね。この男がひょっとしたら、島崎と名乗った技師だぜ」

「元代議士が偽名でここへきたというのか」

「そうだ」

「東京の麴町といえば有名な屋敷町だときいている。そんなれっきとした場所に居をかまえる男が、南九州の端まできて、そんなうしろ暗い……おれには信じられんな」

「いや、信じられる話だよ。少なくともおれはそんな気がする。国民党にしろ、何党にしろ、落選して喰ってる男だ、何をしてるかわかったもんじゃないよ。在職時代に恩を売っておいた会社の顧問だとか相談役だとかいって、ていのよいゆすりたかりの役で喰っている奴もいるという話だからな」

「それと、寺野井がどうして確かな関連がある？」

「建設委員だったという事実だよ、勢良君。土木建築で、闇取引のない交渉はないとまで言われている。水潟市会の土木関係をみてもわかるよ。ちっぽけな川の橋一つかけるにも、やれ入札だ、指定材木商だ、御用商人との馴れ合いがまる見えじゃないか。入札の裏にはずいぶん金が動いている。建設大臣は一国の建設復興界の頂点だ。この下で立ち廻る陣笠組に、正義で潔白な奴はまあ数は少なかろう。寺野井も素姓をはっきり調べねばわからんが、おれは妙な予感がする」

「予感て？」

「奈良屋に泊まった偽技師が土木関係だと言ったこと、それに、建築中の東洋化成の耐火煉瓦を出していることだ」

「偽名は工学博士でも、水質試験でも使えるわけだが……」

「とにかく、寺野井という元代議士と東洋化成がどうつながるか、こいつをあたってみようじゃないか」

そう言った木田の目が異様に光っていた。

「この新しい人物をつきとめると、案外背景がはっきりわかるかもしれんな。そうじゃないか。宇津美荘の博士も水潟奇病を材料にした、奈良屋の二人組も東洋化成を材料にした、うしろで誰かが演出しているかもしれんよ」

「誰が……」

「そいつは結城郁子が知っているよ。おそらく寺野井正蔵も知ってるはずだ」

「すると、来栖警部のいう旧軍人組織の古前要蔵はどういうことになる？」

「旧軍人も旧代議士も似たようなもんだ。どこで手を組んでるかわかりゃせん。わかっとることは、たった一つ、行方不明の郁子が東京に現存する寺野井の事務所を湯王寺温泉に残したという手落ちだ。そのこと以外に、いま、わかっていることは何もない。いいか勢良君、この寺野井が手がかりになるかもしれんぞ」

そのとき、そこへ小柄な巡査が顔を出した。

「木田先生、電話です」

「誰からかね」

「おうちのようです」

木田は急いで別室の電話口に立った。

「あんた、たいへんよ……」

静枝の声がうわずっていた。

「滝堂の鵜藤治作さんが急変なのよ。駐在から電話があったの、すぐ行ってください」

また、奇病患者が一人死ぬのだ——木田はそう思った。

鵜藤治作は、その日、いつもと変りなく日向《ひなた》の縁に出ていた。正午すぎ、突如、しぼるような声を出し、縁から這いずりながら莚の敷いてあるお間《ま》に入った。かねが戸外の小便壺の前で安次の尻の始末をしているときである。

家の中でドスンという激しい音がした。かねが縁側に走った。治作は莚の上で宙がえりしていた。鉢頭が板の間にぶつかり、大きな音をたてた。うう、という呻きを発し、厚い唇から垂れ流れる涎がいつもより多い。顔面はひきつり、蒼白な頬、黒い血管が額の皮膚をふきあげるように筋走っていた。

かねが叫んだ。治作はうるんだ瞳孔を空に向けている。そして、手と足がプロペラのように廻転した。と、それがぴたりとやんだ。次に、はげしいふるえがきた。強烈な発作だった。

かねが泣き声になって隣りの牛本一夫の家に馳けこんだ。牛本はかねと一緒に縁側に飛んで行った。

「血だ、おっ母！」

お間いっぱいに血しぶきが散っていた。馳け上がってかばおうとするかねをはね飛ばした治作の体が、突然、一メートルほど上にはね上がったのである。すすけた天井で、治作の鉢頭が割れるような音をたてた瞬間、治作はどっと落下した。そして、静かになった。血が額と手からふき出していた。破れた押入れの唐紙から桟木が突き出ている。治作の右手には、その桟木の切れ端が握られていた。

五分間ほどして、力がぬけたようにその掌がひらいた。治作は白い目をむいたまま寝ころがっている。と、ふたたび畳の上を転がりだした。そして、膝と爪先にはげしい痙攣がおこった。それが、治作の生きている証しだった。

木田民平が到着したとき、治作は蒲団の上に寝かされていた。すでに手おくれであった。急進性の心臓麻痺が死因である。狂乱した治作の死は、奇病患者として珍しくはない。猫や鴉の死とかわりなかったのだった。

部落の崖が山の端につづくあたりから乳色の小雨が走っていた。

第一〇章　夜汽車の中

捜査本部の松田刑事が津奈見村から妙な話をきいて帰ったのは、その翌三十一日の夕刻である。

松田が津奈見に出かけたのは、宇津美荘に泊まった偽博士らの足どり探査が主要目的だった。

松田はまず黒谷久次の家に行き、久次の漁業組合員証が拾得者から送られてきたりしていないかを調べてみた。が、これといった聞き込みはなかった。松田刑事はその帰りに、宮内巡査のいる米屋の軒下を借りている駐在所に立ち寄った。

雑談しているうちに、宮内巡査がこんなことを言った。

「おかしなことがあるもんだね。湯の浦の石灰石採掘場へ通産省の資源調査官だという四十すぎの男がきて、一日、ハッパの操作やら石灰質を調べて帰ったそうだ。あとで聞いてみると、この男はどうやら偽者らしかばい」

「ほう、通産省の官吏が?」

そう言って松田刑事は、この話ずきな先輩のくぼんだ目をみつめた。

「しかし、どういう目的でやったんでしょうか」

「いや、べつに盗まれたもんは何もないし、被害はうけておらん。石灰山の工員たちは、この男とよもやま話ばして一日楽しくすごしただけの話さ。だけんど、あとで考えてみると、どうもそげな調査官がたった一人で山奥へやってくるのは解せない、と言いだすもんが出てきたんで、そう言やあそうだと思って本社の葦北石灰に電話で聞いちみると、ぜんぜん心あたりがないちゅう……」

「本物だったら、一応は、県庁から通達があるはずですね」

「県下の石灰採掘場は何十とある。この水潟にだって東洋化成系の石灰山はだいぶあるはずだ。津奈見の妙高石灰にも聞いてみたんだが、そげな通達はどこも受けてないちゅう」

「やっぱり、嘘だったんですか」

「しかし、ちゃあんと名刺ばだして採掘場長に面会を申し込み、ダイナマイトの処理法や石灰層の変貌などについて、ひとくさり説明していたちゅうから、おかしい」

「妙な男ですな。結局、何しにきたのかわからないままですか」

「そうらしかばい。気味がわるうなって、それから警戒ばはじめた。ハッパを盗まれちゃかなわんもんな」

「ドカンとやられたんじゃ、ひとたまりもなかです」

「そうでなくても、奇病保障の問題で漁民が興奮している時期だ。ダイナマイトが漁民の過激分子に流れてみろ、何に利用されるかわかったもんじゃなか」

「いちおう署長に報告して、管内でも気を配る必要はありませんか」

松田刑事は若い細心な男である。肝心の本部の仕事は成果がなかったので、その話をみやげに戻ってきたのだ。署長は、この報告をきくと興奮した口調で言った。

「管内駐在へ、いっせいに注意しておけ。漁民は何をするかわからん。石灰山を占拠されたんじゃ、ハッパがあるだけに事が面倒だ」

漁民の感情悪化は、署長をノイローゼにしている。昨日、滝堂部落の鵜藤治作が狂死した。ひきつづき今日の朝、三キロはなれた角道部落の女が死んだのだ。それと前後して、米の浦の豚が十三頭とも足をふるわせるようになり、奇病にかかったのではないかという噂もあった。二十日の総決起大会で決議された事項のうち、県出身の革新党代議士米村喜作が中央に帰って、水潟国会調査団を編成するという件は中央でも承認されたという情報がある。一行は抜きうち的に来水するという噂も入っていた。奇病に関心のうすい県当局と、中央にたいする煽動効果もねらって漁民はここで大いに気勢をあげる必要がある、というのが漁業組合幹部たちの意見で、漁民も賛同している情勢だった。

しかし、東洋化成工場は何らの反応も示していない。一億円の保障問題も、東京から社長がきて協議するという話だったが、それもどうなっているか報告はない。夜になれば、汚水は依然として水潟川に流されていた。

署長としては、暴動の阻止が眼目である。石灰山のダイナマイトが盗まれでもしたら大変だと警戒したのも当然であった。

この署長指令はすでにおそく、ちょうど松田刑事が津奈見の駐在所にいたころ、葦北の対岸にあたる天草列島の垂見沢《たるみさわ》という採掘場でダイナマイトの盗難があった。湯の浦に現われた男と同じ調査官の名刺をもった紳士がきたという。その男は、そこで事業概況を調べて帰った。男は工員の前でダイナマイトの老化について説明したそうだが、三時間ほどいて立ち去ったあと、二十二キロのダイナマイト箱から棒状の五本が盗まれていた。

この報告が、水潟市にとどくまでにはだいぶ間があった。


十一月一日、木田民平は鵜藤治作の葬式に出席した。木田が患者の葬式に列席するのは珍しかった。治作とは肘の怪我を治療してやった縁のほかに、木田が結城宗市の事件にまきこまれたのも、治作の家が橋渡しになったともいえる。その日の往診先が滝堂部落から一つ向こう谷にある袋山《ふくろやま》にあった。その帰りに、ちょっと寄り道したのだ。

葬式が終って、木田は滝堂部落から石灰山のハッパの音を聞きながらオートバイを走らせていた。後方から一台、オートバイらしい爆音がきこえてきた。相当の出力で迫っている。木田はやりすごそうと思ってふり向いた。

「やあ、先生」

相手の男が笑い顔で声をかけた。材木屋の主人横井であった。

「どうです。最近、手はあがっとりますか」

速度をゆるめながら横井が言った。碁の話なのだ。

「どうも、最近はいそがしくて、碁も打てん」

「結構ですな」

そう言って横井は木田の車に添ってきた。

「先生、こないだ駅前で見かけた美人はどなたですな、えらくきれいな人でしたな」

郁子のことだ。

「東京の知人ですよ」

「へえ、東京の人ですか。私はまた、あんひとは熊本の人じゃろうとばっか思っとったですばい」

「………?」

木田のハンドルをもつ手が思わず動いた。

「水前寺公園で見かけたとですよ。動物園わきの旅館に入って行きんさって、私はまた旅館の御主人かなと思うたぐらいですばい」

突然木田はブレーキをかけ、大声でどなった。

「横井さん、それ、本当ですかッ」

熊本市の観光事業の一環として、熊本城本丸の再建工事がすすめられているのは木田も知っていた。この城の工事に、県下の材木業者が銘木を一本ずつ寄贈するというかたちで、観光事業へ応援がきまったのは五日ほど前のことだった。横井材木店の主人は、県木連の水潟支部長でもあったので、二十八日の朝熊本に出た。会議を終えたあとで連合会の総会がひらかれた。夕刻は宴会になった。会場は、水前寺公園にある「双葉」という料亭だった。

六時にはじまった宴会が、七時頃から乱れてきた。百人近い材木屋が集まったのだから大盛況である。七時三十分頃、横井は顔見知りの八代市の材木商から声をかけられ、二次会に誘われた。横井は久しぶりに熊本へ出たことでもあり、酒の勢いもあって付きあうことにした。八時頃、八代の男と宴会場をぬけ出た。

「双葉」はかなり大きな料理屋である。水前寺公園は湧水公園とも言われるほど、かなりの底地にあった。「双葉」は公園の北側の高地にあるこんもりした林を背景に、数寄屋風につくられていた。玄関を出ると公園が眼下に見えた。

ちょうど横井が車に乗ろうとしたとき、公園のほうから走ってくる一台の小型車があった。目の前でとまった。男女二人が乗っている。横井は酔っていたが、何げなく二人を見て「おや」と思った。女のほうに見おぼえがあったのだ。十日ほど前、水潟駅前で木田医師と話していた黒いスーツの女だった。男は四十すぎのやせ型の重役タイプ、鼠合オーバーを着た紳士である。車からおりると二人は一歩ほどはなれて歩き、女が先に立って双葉の門前を通りすぎ、別棟に入った。

「君んとこは宿屋もやってるのか」

送りにきた女中に横井がきいた。

「別館は旅館も兼業いたしております」

と女中はこたえた。


「まちがいありまっせんよ、先生」

「横井さん、その男はやせていましたか」

「太っちゃおらんようでした。そうですな、先生ぐらいでしたばい。年は相当とっちょるようでしたが、なかなかの好男子で……」

横井はそう言って目尻にしわをよせた。

「女は何かもっていましたか」

「ハンドバッグを一つもったきりでした。ま、あすこに泊まっとられるんでしょうな。先生、なんか、そんひととあったとですな」

木田は黙りこくって頭をふっただけだ。郁子が熊本の宿に泊まっていた。この話が事実だとすると、結城郁子の影がはじめて具体的な圏内に入ってきたような気がする、と木田は思った。しかし、一方では横井の話を全面的に信じがたい気もしたのだ。他人のそら似ということだってあるわけだ。しかしまた、酔っていた横井が宴会の帰途ですれちがった女を、このように記憶しているということは信じていいようにも感じた。結城郁子はそれほど美貌なのだ。横井の目を惹いたとしても不思議ではない。木田はふたたびアクセルを踏みながら、この話の真偽を確かめたいと思った。

二時五分発のジーゼルカーに乗った木田は、二時間で熊本に着いた。

水前寺は、熊本市の東端にある公園である。細川藩侯の茶屋を営んだ庭園が昔のまま保存されているというので名高い。熊本の史跡でもあった。これまで木田は熊本へきて、この庭園を見たことはなかった。園内に東海道の景勝をかたどったといわれる芝山、池、樹林があり、清冽な湧水が池底の砂を分けて噴出していた。

木田は車を公園の入口ですてた。あらかじめ旅館「双葉」への道は横井から聞いている。公園を突っきって出水《いずみ》神社の前を抜けたほうが早道だと教えられたのだ。

公園の中は美しかった。しかし、それは今の木田の好みに合わないのだ。芝生や、築山や、石塔、手入れのゆきとどいた樹林さえも、木田の心境からは縁遠いものに感じられた。公園を横切りながら、子供をつれてくるところでもないな、と木田は思った。しかしまた、年をとると自分もこうした山水の美に心をとらわれるかもしれないと、木田はそんなことも想像しながら小高い山道をのぼって行った。のぼりきった高台の町に動物園と旅館のある一角が見えてきた。

茶色の地に白く書かれた「双葉」の看板が樹林を背景にしてすぐ目につく。木田は別棟へはいった。玄関に立つと、三十すぎの女中が出てきた。

「ここに、東京からきた婦人で結城郁子という人が泊まっていませんでしたか」

そう言いながら木田は警察医の名刺を差し出した。女中は少し待ってくれと言い、奥へ入った。二三分ほどのちに四十近いおかみらしい女が出てきて、鄭重にあいさつした。

「結城さまは、お発ちになりましたとですが」

やっぱり泊まっていたのだ――木田は急に視界が変ったような感じをうけた。

「いつです、発ったのは」

「昨日でした」

「昨日ですか？」

〈この宿に昨日まで泊まっていた、本名の結城郁子の名前で……大胆な女だ！〉

「どっちへ行くとも言っておりませんでしたか」

「行先でございますか。人吉のほうへ行くとおっしゃってましたが」

「人吉へ？」

郁子は人吉温泉に誰かを待たせているのか――木田の胸が騒いだ。

「その結城さんのところへ、男の人が見えたでしょう」

「ええ、一度お見えになりました」

と女中がこたえた。

「その人は泊まりましたか」

「いいえ、お泊まりにはなりまっせん。お部屋で話をして帰られましたとですが」

「男の人相だとか印象を、くわしく話してください」

木田はそう言ってポケットから手帳を取りだした。

結城郁子は二十五日「双葉」に投宿している。出発の日まで約七日間を熊本で、しかもこの宿ですごしていた。一日じゅう部屋にいることもあった。また、朝早く出かけて夕方に帰ってくる日もあった。女中には、熊本を中心にして阿蘇やら天草を見物にきたのだと言っている。

郁子が投宿してから四日目の夕方に、その男がたずねてきた。彼女は食事を二人前にするよう帳場に通じた。男は酒を二本のみ、九時頃に帰って行った。

女中の見たところでは、男は郁子の親類筋の者か、あるいは後援者らしいタイプだったという。話の具合にも、郁子の顔色にも、相手にたいする尊敬の感じが出ていたと女中は語った。

「男の名前は、何と言いましたか」

「それが、わかりまっせんとです」

「男の身なりを教えてください」

「すらっとしたかたで、背丈は五尺四五寸でっしょうね。あんまり高うはございまっせんでした。話される声が、しわがれた低い声で、そうですね、四十前後ではなかでっしょうか」

この男が奈良屋に泊まった島崎のつれの戸村ではなかろうか、と木田は直感した。材木商横井の見た男も好男子でやせていたという。四十すぎに見えたと言ったが、年の差は横井のほうが信じがたい。彼は酔っていたのだ。

「男の訪問者は一人だけでしたか」

「へえ」

「あなたは、四五日前ここの本館で材木屋さんの宴会があったのをおぼえていますね」

「県木連の総会のかたちでっしょう？ 二十八日でした」

「そうです。その日、結城郁子さんは外出していましたね」

女中はそこまではっきりとおぼえていなかった。そのとき、太った女がエプロンをはずしながら通りかかった。

「あ、敬ちゃん、あんた二十八日に竹の間のお客さまが部屋にいらっしたのば見た？」

「竹の間の……東京からいらっしゃったかたでしょ、美しい人」

そう言って太った女中は木田をじろっと眺めた。

「二十八日は部屋におられなかったようよ。あたしが掃除をしたのでおぼえているわ」

「ありがとう。しかし、その夕方、八時頃にお客さんは帰ってきたでしょう。男の人が一緒じゃなかったですか」

「さあ……」

太った女中は同僚の顔を見て、

「ひとりでお帰りだったわね」

とダメを押すように言った。

〈しかし、男と女が二人、この旅館へ入るのを見たと横井は言った。女中の話がほんとだとすると横井の話はおかしくなってくる。だが、横井の話が自分をここへつれてきたのだ。たしかに、結城郁子はここに七日もいたのだ……二十八日に、車からおりた男は旅館へ上がらなかったことになるな。門の入口で郁子と別れたことになる。郁子をここまで送りとどけて帰ったのだ。その男は、いったい郁子とどういう関係の男だろう……〉

木田は、郁子の身辺にますます謎をいだき、その影を追おうと決心した。

〈当然、郁子は熊本で新聞を見ているはずだ。夫の死が報じられている記事を読んだはずだ。その郁子が東京から失踪したまま妙な男と会っている、水潟には現われずに……郁子は何らかの工作に奔走しているようだ。寺野井正蔵も加わっているだろう。郁子は奈良屋から電報を打って急拠帰京した。寺野井は熱海にいた。どこかで連絡がとれた……郁子はふたたび熊本へきた。何しにきたのか、それが謎だ。水潟へはこないで、その近辺を徘徊している。しかも昨日人吉へ発った……わからん。だが、この壁は、すぐ打ち破ってみせる。郁子が何をたくらんでいるか、それは時間の問題だ〉

木田は帳場にある電話へ走りよって水潟警察を呼びだした。夕刻なので混んでいる。至急報にした。二十分ほどしてようやく本部が出た。

「勢良警部補を呼んでください」

木田は苛らだたしそうにどなった。

「主任ですか」

声が遠い。雑音が入るので聞きとりにくかった。

「そうだ、主任を呼んでくれ。こちら、木田です」

「あ、もし、もし、木田先生ですか」

若い刑事らしい、向こうから待っていたような口調だった。

「木田先生にことづけがあるんですよ。主任は鹿児島県の出水へ行ってます」

「なにッ、出水へ？」

「そうです。出水に他殺死体が上がりました。もし、もし、男の死体です。主任の推定では、宇津美荘に泊まった助手らしいということです」

木田の顔色が蒼白に変った。

「もし、もし、もっとはっきり説明してくれないか」

「死体はシラスの山の中に土をかぶせてあったそうです。出水からだいぶ入りこんだ今ノ木場とかいう所だそうです。木田さんから連絡があったら至急出水署へ連絡して、そっちへくるようにとの伝言です」

木田の頭の中に鈍い音をたてて走るものがあった。こめかみに痛みを感じた。

〈死んだ男。助手。錦織季夫……〉

六時だった。六時半に急行鹿児島行が熊本を出る――十時には出水に着くはずだった。

〈何かが間違ってはいないか……〉

木田民平は列車の窓から、遠くにひろがって見える不知火海の暮色を眺めながら心につぶやいてみた。対岸は天草の島である。けずり取られた石灰の山々が、夕陽をうけて橙色にひかっている。その影をうつした海は灰色の小波がたっていた。

〈結城郁子はなぜ、水潟に顔を出さないのだろうか。なぜ、夫の死を放ったまま人吉温泉へ行ったのだろう〉

列車の振動に身をまかせながら木田は目をつむった。どうしても、このもつれている推理の蜘蛛の糸をほぐさねばならない。

〈郁子が夫の死んだ水潟に顔を出さない理由は何か。夫を殺した男を知っているか、それとも、自分が犯行に荷担したか、どちらかであろう。しかし、郁子はなぜ、熊本に一週間も潜伏していたんだろう。東京か、別の場所におればいいだろう。東京では危険だからか、あるいは、熊本へきていなければならない切迫した事情があったからか……一方、横井材木店主の見た男と郁子の関係は如何。この男は偽技師の一人戸村という男に似ている。しかし、奈良屋の女中民江は戸村のことを三十七八の技師だと言った。島崎は四十四五、年頃は近いにしても、島崎はずんぐりした図体だという。すると、水前寺の男はまた別人なのか。郁子の周囲に、いったい男が何人いるんだろうか……第一の謎は、浦野幸彦と錦織季夫である。この二人組は、九月二十八日から八日まで宇津美荘に泊まっている。水質試験といつわって、八日の朝、津奈見村から黒谷久次の船を借りて出たまま行方不明なのだ。第二の謎は、島崎、戸村を名のった土木関係の二人組である。この男たちは四日から七日まで奈良屋に泊まっている。八日からどこへ行ったか、これも不明である。第三の謎は、七日の夜、結城宗市を呼び出したクリーム色ジャンパーの男である。これは年頃風采が浦野に似ている。だが、確実ではない。逃亡した浦野がどうして結城を呼び出しにきたか、これも不明のままだ……〉

そのとき木田は、これらの人物の中で、顔を知っているのは結城郁子だけだということに思いを新たにした。その他、所在が鮮明なのは、寺野井正蔵という弁護士だけであることに気がついた。寺野井正蔵がこの事件とどういう関係にあるのか、やはりこの男も、濃い霧の中にいるのだった。

〈しかし、現実に結城宗市はあの森の中で殺されたんだ。足跡から見て殺したのは二人組なんだ。それだけがわかっている……〉

木田は目をひらいて暮れなずむ窓外に見入った。汽車は八代を出て丘陵の麓を疾走していた。黒い山襞が前方に立ちふさがり、すでに海は見えない。

木田の目が、窓ガラスにうつる蒼白いおのれの顔をじっとみつめている。と、そのとき、車内のマイクから女の声がひびいてきた。

「みなさまの日本食堂でございます。この急行は、三時間あまりで終着駅鹿児島に到着いたします。食堂では、お好み一品料理をはじめ、冷たいお飲みものや、菓子、フルーツなども用意いたして皆さまのおいでをお待ち申しあげております。また、食堂横の売店では、始発駅からの道中名産の数々をお分けいたしております……」

甘い少女の声がとぎれたとき、木田は耳の奥にのこった始発駅からの「道中名産」という言葉を思いだしていた。瞬間、なぜ、その言葉に自分がこだわったのかはわからなかったが——

まもなく、車内に白いサロン前かけをした二人の少女が現われ、籠を捧げもちながら歩いてきた。

「道中名産はいかがですか」

マイクの主とはちがった細い声である。木田は何げなく通りすぎる少女が片手でもち合っている平べったい卵色の大籠を見た。その瞬間、思わず声を出しそうになった。栄次郎飴であった。ようかん、煎餅、甘納豆、煎豆、八つ橋、いろいろな土産品が包装紙にくるんである中に、栄次郎飴とその他二三種の罐入りだけは、各名柄と模様を美しくみせて罐のままそこにあったのだ。

「きみ、その栄次郎飴をくれ給え」

木田は大急ぎで財布を出しながら、つづいて言った。

「これは東京の名産だろ?」

「はい」

「東京から積んできたのかね」

「はい」

少女の一人は木田の質問が唐突だったし、顔つきが真剣なのでおかしそうに微笑んだ。

「きみ、これには包装紙はないのかね」

「あちらにございますが、おいりようでしたらお持ちします。包んだのもございますから」

と少女はこたえた。

「包んだのがほしいんだよ」

少女はいったん車内を出て二三分するとすぐ木田のところに戻ってきた。見おぼえのある赤と黄色の包装紙に包んだ罐入りだった。

木田はそれを鼻先にもって行った。そこには伽羅の香が匂うはずもなく、ただ冷たい感触を鼻頭に感じただけである。しかし、木田の面上には、何か冴えわたった微笑がうかんでいるように見えた。

〈誰かが車内で栄次郎飴を買う。それを結城に渡す。あるいは結城自身が買ったとも考えられる。郁子は、結城が東京から飴をもって出たのを知らないと言った。この飴は東京から買って

こなくても、九州でも買えたのだ。そう、九州へきてから誰かの手に渡った。そのあとに伽羅の香がついたのかもしれない……〉

第一一章　死んでいた男

鹿児島県出水市は、熊本県境から五キロほど入った地点にある平凡な市《まち》である。そこから南へ北薩線のバスで約二十分ほどゆられて行くと、今ノ木場という村落に着く。ここは街道筋にできたわずか六十戸の村である。はるか南に紫尾《しび》山の山なみが見え、ゆるやかな起伏がのびている地点に、かなり大きなシラス台地があった。シラスというのは、桜島や霧島の噴火でできた火山灰のかたまった丘陵のことである。土壌が強度な酸性であるところから、農作物はおろか、耕作はできない。死地といわれ、鹿児島県にはずいぶんこんな丘陵地が多い。

今ノ木場村では、近年このシラス台地を開墾する仕事がさかんだった。県からの助成もあって、日傭人夫が一団をつくって台地に入りこみ、朝から丘を切り崩していた。灰色の土壌をトラックに積んで埋立地に捨てるわけだが、このあとを平坦にならして芋や麦の畑にするのである。

丘を切り崩すといっても、なかなか骨の折れる仕事で、広大なシラス台地は、人間の力をもってしては何ほどの切り崩しもはかどらない。しかし、それは続けられねばならなかった。人夫たちが台地の作業場へたどりつく途中の芋畑は、もとはみなシラス台地であり、それらは彼らの祖先が開墾したものであった。

人夫たちは灰色の粉土が風でさかまくれている中を、汗だらけになってツルハシやスコップを使っていた。そのとき、若い人夫が、先年の大雨で台地が削りとられている傾斜面の一角を仰いでいた。と、その若者は灰一色の視界に、ぽつんと黒っぽい洋服のようなものがひっかかっているのをみとめた。

「おかしいな、洋服が……」

若者は急傾斜を、腰をかがめながら獲物のほうへ登った。そこは固い土壌が岩のようにせり上がっている地点で、近寄ってみると、ちょっとした窪地になっている。上からずり落ちた砂土がたまっていた。人夫は、ツルハシの先で布をひっかけてひっぱった。布はかんたんにめくれ、下から人間の手が出てきた。若者は仲間のほうへふるえながら叫んだ。

大騒ぎになった。死体は三十五六の男で、茶色の上下服を着ている。顔は石か棒の鈍器ようのもので打ち割られていた。血と土くれが傷跡にこびりついて歪んだ顔ははっきり判別がつかないが、一見して都会人のように見られた。

あきらかに他殺体だった。だいぶ日時がたっているとみえて、土に埋まった部分のふくらはぎや腹がくさりかけていた。うじがわき、ひどい悪臭である。シラスの中で死体はむれていたのだ。

人夫の急報で、出水警察署の係官が急行した。現場はシラスの切り崩し場だから、都会人がわざわざ用事でくるような地点ではない。何かの目的があって、ここへ男は呼び出されたものか、それとも、別のところで殺され、死体をここまで犯人が運びこんで上から捨てたかのどちらかである。

「きっと台地の上から投げ捨てたんですな」

係官の一人が言った。人夫の一人がここへよじ登ってきたとき、窪地は、上から相当の土砂がずり落ちていた。死体はそれをかぶっていたのだ。

「土地カンのある奴が運んできたとですばい。まさか、切り崩しがこげん早うここまでくるっとは思わなんだとでっしょ」

仰ぐと台地の上部は、そこからまだ五十メートル位はなれている。そこへ、犯人はどこから登ったものであろう。台地の上へ登るには、仕事場から反対の北側の村をぬけて上がってこなければ登れない。

厳重な現場の足どり調査の結果、台地の頂上に村のほうからきた足跡と、それらしいもつれた足跡が見られた。窪地の真上が踏み荒されていたのだ。

「ここで格闘したのか」

「頭蓋の後部が強打されて割れてますよ」

死体の傷、現場の踏み荒された模様からいって、犯人はだいたい一人だと推定された。ここで一撃とどめをさし、即死したところを見とどけて下へ投げたものらしい。上から土を蹴り落していた。火山灰を死体にかぶせておけば発覚は手間どるし、うまくゆけば完全犯罪にちかい。

「よっぽど事情に明るい奴の仕業ですな。台地がひと雨くると、すぐ死体の上へ土を流すのを計算していますね。巧妙な手口ですな」

出水署に死体が移行され、鹿児島から急行してきた鑑識課員が所見してみると、死体は四日ほど経過していた。格闘して被害者が反抗した模様はない。うしろから一撃やられ、昏倒した上に鈍器をふり落されていた。即死である。年齢は三十七八で、やせ型、会社員風とだけわかるが、洋服のポケットから身許の割れるものは何一つ出てこなかった。服にもネームはなく、洗濯屋の目じるしもない。他所者《よそ》らしいということだけで、捜査は、被害者の身許割出しで最初から壁にぶつかった。

熊本県警から照会のあった水潟市湯王寺の保健医殺しの容疑者で、津奈見村の船を詐取した浦野幸彦と錦織季夫のどちらかではないかと言いだしたのは、阿久根市からきている係官の一人であった。この発言は、やがて、出水署の刑事が今ノ木場村で聞き込んできたある情報と符合した。

今ノ木場村のバス道路は、村の東端を水田づたいにせり上がる紫尾山の麓にむけてのびていた。街道にタバコ屋が一軒あった。「今ノ木場」という停留所は、このタバコ屋から百メートルほど離れた四辻にある。

五日前の夕方、このタバコ屋でピースを買った男がいる。その男が、店の者に、「流合《ながれあい》のほうへ行くバスはどこで待てばいいか」とたずねたことを係官が聞き込んだのである。年は五十すぎ、あから顔の男で、しわがれ声だったとタバコ屋のおかみがこたえた。ひょっとしたら浦野幸彦かもしれない。五日前ならば、死体の経過とも時間的に符合するのだ。それに、熊本からの照会の人相書き、身なりのうちで、被害者の茶色の背広というのがあたっていた。

出水署はさっそく水潟市に急報した。県境といっても、出水市と水潟市は約二十五キロしか離れていない。連絡はその日のうちに電話でとられた。

勢良警部補が、宇津美荘の太った女中をつれ、ジープで出水署にかけつけたのは、その夕刻である。古びた木造建ての出水署の刑事部屋で、死体を見せられた宇津美荘の女中はふるえながら言った。

「まちがいありまっせん。こんひとは助手の錦織さんです」

死体の着ていた縦縞のワイシャツと、茶色の背広に見おぼえがあったからである。係官が硬直した死体の上唇をまくると前歯に金冠があった。

「まちがいなかとです。金歯もありましたとです」

事態はこれで急変した。浦野幸彦が犯人であることは、十中八九まで断定できた。浦野は保健医結城宗市を殺し、つづいて、ここまで道づれにしてきた錦織季夫をも惨殺したとみられた。

その夕刻、出水署の捜査会議の席上に、見かけない年輩の係官がいた。この係官は阿久根署の警部補と一緒に顔をみせたのだが、会議がはじまると、低い落ちついた声で口を開いた。

「私は、東京警視庁の来栖です」

一同は、この男の顔をいっせいに見た。やせた細面の顔である。くぼんだ目に、かるい疲労が出ていた。

「ここで、ちょっと皆さんに報告いたします。私は東京から密輸犯の古前要蔵を追跡してきました。古前要蔵は、湯王寺の宇津美荘に宿泊して、水質試験をいつわった浦野に似ていましたが、今日ここにあがった死体は、その人相と風采からいって、私のさがしていた古前要蔵の一味ではないようにも見うけられることです。この男を殺したと思われる浦野が、古前要蔵であるかどうかは、はっきり断定できません。あぶなくなりました。というのは、浦野がもし古前だったら、手下の者を、このように無惨に殺すとは考えられないからです。彼は、このままゆけば完全に逃亡できたわけです。何もこんな近くの市へきて第二の犯罪を犯す必要はないのです。今日、私は阿久根市の警察にくるまでに、妙なことを聞きました。阿久根市から二キロほど離れた赤崎岬の高口《たかぐち》という部落に目撃者がでたのですが、いまから十日ほど前に、二人の男が二トン級の発動船を岬の岸壁につけていたということです。これは、津奈見村の黒谷久次さんの持ち船にちがいありません。浦野と錦織は、ここで船をすてて上陸したものと判断できます。浦野が錦織と二人で阿久根に潜入し、出水に出て、大胆にも北薩線の道路を紫尾山に向かったものとみていいと思います。その途中で、浦野は錦織をも殺したのです」

「二人が別々に逃亡しなかったのが変ですね」

出水署の刑事が言った。

「二人づれの指名手配は本人たちも知っていたはずです。警戒の目をくぐって、ここまで二人が一緒だったのは何かわけがあるんでしょう」

と阿久根署の刑事が言った。来栖警部は相かわらず低い声でこたえた。

「二人は別々に行動するわけにはゆかなかった。これには二つの理由が考えられます。その一つは、まだ二人でしなければならない任務が残っていたか、それとも別々になると、一人に裏切られるおそれが生じたかのどちらかと考えます」

「密輸団の一味だとすると、水潟ではこんなに騒いでいるのに、隣りの市へ船を寄せてくるとは、ずいぶん大胆ですね。来栖警部さんの人違い説はうなずけますね」

と出水署の刑事が言った。

「というのは、この二人は遠くへ逃亡するわけにはゆかなかったということですよ。この近辺のどこかに集合する必要があったか、あるいは、何かの連絡を待つ場所が指定されていたか、どちらかでしょう」

「それにしても、浦野が錦織を殺したのは、足手まといだというだけでしょか。何か仲間割れの感じがしませんか」

「当然、考えられます。報酬の分配だとか、上司にたいする功名のあせりなどが常識的にいって原因になりますが、とにかく不可解な二人組です」

「来栖さん、高口部落の海岸で見た船は、その後現場から消えたんですか」

また別の刑事が質問した。

「消えています」

と阿久根署の係官が速座にこたえた。

「おかしいな」

そう言って一同は顔を見合わせた。

「鹿児島海上保安部の巡視船が、笠沙《かささ》半島の沖で、海上で分解したらしい船の板やら機具類の端を見つけていますか。海上に浮いていたんだそうで、この木ぎれがひょっとしたら黒久丸のものかもしれぬと保安部は言っていますが、いま調査中で何とも言えません。まだ結論は出ていないのです」

「これは阿久根署の推定ですが、浦野幸彦は高口部落の岸壁から、黒久丸を無人のまま沖にむけて走らせたのではないか、という者もいるのです。しかし、これは誰も目撃したものがない。ただ、赤崎岬の漁師の一人が、夜おそく沖合でハッパの音をきいたという噂があります。これは噂だけで、確証のつけようがありません。ひょっとしたら、浦野が船の痕跡を消すために、ダイナマイトをしかけて沖に走らせ、船は海上で自爆したとも考えられるのです」

意気ごんだ阿久根署の警官がそう言ったとき、一同は若いこの警官の興奮した顔を息をのんで見つめた。

「とにかく、浦野を名のった男を追跡すべきです。皆さんのいっそうの御協力を願います。私は、これから宮崎県警に連絡をとるために直行しますが、よろしく願います」

来栖警部はそう言うと、汽車の都合もあったのだろう、ひと足早く室を出た。

結局、会議の結果は来栖警部の言い残したように、浦野の行方を一日も早く追跡することにしぼられた。来栖警部の奔走で、すでに隣県主要都市は二人組の人相書きが手配されているし、浦野はまだ熊本か鹿児島県下に潜伏しているものと見られた。出水署の署長が地図を出してきて、足どり捜査を基本的にたてなおした。

今ノ木場村のタバコ屋を出発点に、そこから北薩線バス道路を肥薩線宮之城《みやのじよう》駅にいたる経路、出水から北薩線の北方を大口市に横貫する街道、さらに大口市から山野線を薩摩布計《ふけ》を通って水潟にいたる本線、薩摩大口から菱刈《ひしかり》、栗野に出て肥薩線を人吉市にいたり、そこから八代にいたる線である。この路線を結ぶと、おのずから、地域は熊本・鹿児島県境にある宮尾山《みやのお》、国見山、大関山の三山をめぐって三角形をえがく。いわゆる国見山系と称される山嶽地帯に犯人は潜入したものと考えられた。

「ここには大小いくつもの温泉部落があります。常識的にいって、潜伏するとなると、やはり湯治客を装うか、もしくは旅行者以外にないわけですね。宇津美荘では、犯人は相当の金を所持している模様だったと証言していますので、長期間にわたる逗留も可能です。捜査は重点的に温泉宿にしぼってみてください」

出水署長のこの意見は妥当だと思われた。両県警本部に連絡がとられ、異例の合同捜索隊が編成された。

木田民平が出水署についたのは、ちょうどこの時刻である。地図を中心にして係官たちが捜査地域をきめている最中であった。勢良警部補の顔を見ると妙になつかしく感じられた。近づいて行った木田は死体が錦織と断定されたときいて、やはり顔色をかえた。

「ちょっとおれを紹介しろ、みなさんに言いたいことがある」

木田は勢良にそう言うと、小声で熊本の水前寺公園で探った郁子の一件を話した。勢良は、すぐ木田を紹介した。

「私は今日、熊本市に行き、水前寺公園の双葉という旅館に結城郁子が宿泊していた事実をつきとめました。郁子は夫の宗市が殺されたことを知っているにもかかわらず、水潟へこないで、熊本にいたという事実は奇怪千万です。郁子は一週間熊本に潜伏、その間、また妙な男と会っていたという事実もありました。そうして昨日、人吉温泉へ行くといって双葉旅館をひき払っております」

一同は木田の意外な報告に目を光らせていた。

「まず、人吉警察にこのことを至急連絡とっていただきたい。私は郁子をつきとめることが、今度の犯罪の重要な鍵になるのではないかと思うからです」

「もう少し、くわしく、話してくれませんか」

出水署長は膝をのりだした。そして、部下の一人に言いつけて人吉警察署を呼び出させた。

「結城郁子は、先月の十九日に水潟へきました。私の家にもきたんです。今考えれば、彼女が夫の捜査を水潟署に依頼してきたことが、まずこの事件の端緒と言わねばなりません。もし郁子が捜索を願い出なかったら、宗市氏の死体発見も、浦野、錦織の疑惑も生まれてこなかったと思うのです。はじめ、私と勢良君は、単なる保険医の行方不明だと簡単に考えて調査をはじめたわけですが、七日の夕刻、つまり、宗市氏が行方不明になった夜、クリーム色のジャンパーを着た五十すぎの男が、奈良屋へ宗市を呼び出しにきたという事実から誘拐説の疑惑が生じ、聞き込みが開始されたわけです。宇津美荘の二人組の偽博士が露見したのもそのためです。もちろん黒久丸の詐取事件も、新聞に報道されたとおりです。宗市氏の死体発見とともに、容疑者として浦野、錦織がマークされたのはクリーム色のジャンパーの男に似ているという一事だけで、なぜ、宗市氏がこの二人組に殺されねばならなかったかという動機については、非常に不鮮明なものを残しています。東京から熊本においでになった来栖警部さんは、この二人組を密輸団の一味である古前要蔵とその相棒であると推定して追跡されていたようでした。もし、これがクロであるとすれば、結城宗市氏は奇病の研究をしている途中で、その一味の何かに触れたとみらねばならない。一味は黒谷久次の船を借りて三日から七日までのあいだ、海に出て何をしていたか不明なのです。おそらく、彼らは水質試験はしなかったでしょう。五日のあいだ何をしていたか……船にのって出たままなのです。結城宗市はノートに記録を残しています。これは二日から五日までの詳細な水潟奇病探訪記録でした。密輸一味とどこで触れたか、その一行もありません。不可解です。しかし八日以後に、彼は二人組に殺されたことは事実なんです。死体現場は発表のとおり二人組の痕跡がありました。ここで、私は結城郁子のことを考えるのです。彼女は私と勢良警部補に、夫の行方をたのんだまま失踪しています。東京の富坂の家をひき払って行先を誰にも知らせておりません。まずこれが不審なことです。調べた結果、郁子は奈良屋から東京へ電報を打っていました。それは寺野井正蔵という弁護士あてに発したもので『イソギハナシアリアイタシ』という文句でした。郁子は二十二日に東京に着き、その足で麴町の寺野井弁護士事務所へ行っています。そうして、寺野井氏の不在をきいて出たまま消息を絶ち、おどろくべきことに熊本市にきていました。はじめ言いました水前寺の宿にいたのです。もちろん、私にも勢良君にも何の連絡もなしにです。これは、郁子が犯人側にあって、何かを奔走しているとしか思えない理由で、したがって、私が郁子を犯人側の人物と見なすのはこの点です。彼女は夫の死体さえ見とりにこない。そして、なぜ、人吉に直行したか。これは、何か緊迫した目的があるためでしょう。本署管内で起きた錦織季夫殺人は、すでに四五日前と推定されましたね。浦野が十中八九まで殺したと推定されているとすれば、郁子はこの浦野と通じていたんでないか、そして、人吉に浦野がいるのか。この点、大至急連絡がとられることをのぞむわけです」

木田の説明は室内を異常な沈黙と緊迫の中におとしいれた。木田もしばらくのあいだ室内の顔を見廻していたが、ふたたび口を開いて言った。

「ここでもう一つ付け加えたいことがあります。それは、来栖警部の追跡しておられた古前要蔵ら二人が、はたして浦野・錦織の二人であるか、それとも別の二人組の男であるかということです」

「別の二人組というと……」

出水署の刑事がきいた。

「結城宗市が泊まっていた奈良屋に四日間宿泊した島崎・戸村という別の偽者がいたということです。この男たちは土木技師と称していましたが、当の東洋化成の耐火煉瓦部に関係者はいませんでした。宿では、この二人が東洋化成の仕事で秘書課のハイヤーで送迎されているのを目撃しております。しかし、私が調べましたところ、この二人組は、どこからハイヤーを工面していたか、それも不明なのです。この奇怪な二人組が当の奈良屋にいたわけで、この追跡もまた必要かと思うのです。結城宗市の死因がこの二人と関係しているかもしれないとしたら大変ですからね」

「しかし、クリーム色のジャンパーを着た男が訪ねたんでしょう?」

「そうです。奈良屋の女中は、その男は初対面の男だったと言っています。投宿していた二人のどちらかがきたとしたら気がつくはずです。この点、シロの色が濃いと思われますが、しかし大の男が二人、偽名で泊まるということも不審ですからね……また、結城郁子が、この二人のことを東洋化成まで探りに行っているのも不思議です。そのあとで東京の寺野井氏に電報を打ち、即刻出発しているのですが、何か、郁子の背景にこの二人の影を私は見ているんです……」

そのとき電話がけたたましく鳴った。出水署長が椅子を蹴たてて受話器をとった。それは人吉署ではなく水潟署からであった。

「勢良さん、署長からです」

勢良が走った。すぐ受話器を耳にあてた。甲高い署長の声がひびいた。

「困ったことになったよ。明朝、国会調査団が抜きうちに到着するんだ……」

「………」

「ひるの〝霧島〟で直行してくる。一行は国民党の北大路介造、三田秀吉、革新党の米村喜作、木村チヨ、英《はなぶさ》和吉、参議員から竜造寺市太、それに随行が六名ほど、県から知事と部課長がやってくる。今日の午後おそく県庁で公聴会をひらいたらしい」

「で、漁連のほうはどういう態勢ですか」

「現在の情報では、葦北漁連が緊急会議をもったことが入った。天草漁連はいつも葦北に右へならえだから、明日はまた南北の漁連が組合員を動員して煽動するよ。こらあひょっとすると、明朝調査団を迎えて大荒れするかもしれん。わしは、県警へ応援警官五百名を申請したよ……

ところで、そっちのほうはどう?」

そういう署長は、こちらの報告よりも抜きうち調査団のことで頭がいっぱいらしいことが勢良にわかった。電話を切ってから勢良は木田に耳打ちした。

「あとで話がある。どうだ、一緒にジープで帰ろう。おれはあくまで結城宗市殺人捜査本部の主任だからな」

わかりきったことを言う勢良の顔が、いつになく小きざみにふるえているのを木田は見た。

ジープに乗ると、勢良は署長の電話の内容を木田に話した。

「木田君、こんなに早く抜きうち調査とは思いもかけなかった」

「そりゃあそうだ。しかし、調査団もなかなかやるね。だいたい、県当局が水潟奇病にたいして無能だったな」

「知事は地元の市長にまかせっきりだったからね」

「知事が水潟奇病患者を見舞に行ったという話はきいたことがない、四年もたつのになあ……地元市長にまかすといったって、水潟市会は君も知ってるとおり、東洋化成の元労組委員が過半数を占めているんだぜ。現在、化成工場とは関係を断ってるといったって、ここまでくる票数は誰がかせいだと思う。化成の人口が二万五千だ。この票をもらって議員をつとめている連中だよ。おいそれと漁民の申し入れを無条件にきくと思うかね」

「………」

「調査団の中には革新党の連中も米村さんのほかにくるらしいが、まず、ひと荒れするのはまちがいないな。奇病の研究に、過去四年間、県は一人に年二万円ぐらいしか予算を組んでいなかった。南九州大学は自前の金と寄付金で今日まで研究してきたのが実情でね、原因究明がはかどらないのも、金がないからという理由もなりたつし、反面、工場がほくそ笑む理由ともなるんだ。賢明な工場は、地元の漁民にだけとりあえず見舞金を出している。これは市長の肝入りということになっている。しかし、ことは全不知火沿岸漁民の問題につながっていることに知事は気がつかないんだよ。見てみろ、調査団は実情を見て、かならず知事を叱りつけるよ」

「漁民の暴動説をどう思う」

「やりかたがまずければひと騒ぎ起きるね。要は工場側が調査団をむかえて、どう誠実さを見せるかにかかっている」

「うん」

「問題は水潟という市《まち》に政治がないということなんだ。工場でなりたっている市は、工場が休止したら関係商人はお手あげじゃないか。奇病で死んだもんは今日で三十何人になった。漁民は気の毒だけど、といって、五万の人口をはらんだ市民の生命はもっと大切だ。そこにこの問題のむずかしさがあるんだと思う。おそらく国会調査団の訪問で、水潟市ははじめて政治をもつことになるな。ひと荒れもふた荒れもするだろう……」

「うん」

「かなしいことに、おれは医者だ。あんたは警察官だ。どっちも政治に口出しはできない廻り合わせにできているよ。おれたちは犯人や怪我人を出さないように努力する。もし出たら、看病したり検挙したりする、これが役目だ。何も考えることはないじゃないか。明朝一番で人吉へ行こう。いいかね勢良君、結城郁子をひっ捕えるんだ」

勢良警部補が水潟署に帰り着いたとき、署内は殺気だった空気につつまれていた。電話がひっきりなしにかかってくる。署長はいちいち応答せねばならなかった。相手は、東洋化成、市役所、熊本本部、と入れかわり立ちかわりにかかってきた。そのたびに一階と二階の手すりのない狭い階段を、署長はいくども昇り降りしている。勢良警部補はその合間をみはからって出水署の模様を報告した。

「すると、どういうことになるんだね」

署長はほかのことを考えている目つきで気ぜわしくきいた。

「松田刑事と高井刑事をつれて、私は人吉へ行きます。すでに人吉署には出水署から電話して、結城郁子の人相その他を話しておきましたから、管内に潜伏しておれば、もう時間の問題です。人吉署長は、今晩じゅうに市内の温泉旅館の聞き込みを終ると意気ごんでいました」

「それで、君はどうする?」

「私は、一時間ほど出水署の連絡をここで待ちます。鹿児島県警は、薩摩布計、薩摩大口、栗野、吉松、矢竹にわたって緊急警戒をやっています。報告が来次第、こっちも人吉へ急行せねばならんと思いますので……」

そのとき、また電話が鳴った。署長があわただしく受話器を取った。その甲高い声が勢良の胸に何かの憤りを投げつけているように感じとられた。

「……勢良君、浦野が人吉に向かうというのは、郁子の人吉行きと結びつけての結論だな」

「そうです。しかし、それでなくても、大口付近の温泉村は小さいし、目につきやすい。潜伏するとなれば、やっぱり人吉です」

「しかし、大口から栗野、小林と宮崎県に入りこむということも考えられるな」

「県境の吉松では、東京から来栖さんの連絡があって以来、浦野の人相書をもって厳重に見張っています。まさか、あっちへは行っておるまいと思います。しかし、来栖さんは宮崎へ飛びましたが、出水の署長もこの見解でした」

勢良はそう言ってから署長をにらむように顔を突きだした。

「署長、国会調査団の抜きうち調査は、県でもわからなかったのですか」

「わからなかったらしいよ。今朝連絡がきて大あわてになった。県漁連の要請で革新党の的場《まとば》県議が動いての実現なんだから、あくまでこの調査は革新党の息がかかっとる。勢良君、木村チヨといえば、なかなかの女傑代議士だ。いずれはきてもらわねばならん調査だから、抜きうちでもなんでも、きまりがついていいと思うが……水潟奇病もこれで日本の問題になってきたな。東洋化成も、今朝から応待策に懸命らしいよ」

「工場はありのままを見せるんでしょうね。排水口は見せるんでしょうか」

「そらぁ見せねばならん。そのあとで漁民大会が市公会堂広場で行なわれるんだ。調査団と奇病部落代表との協議会がもたれる、工場代表がつるし上げられる。漁民が、工場側の応答如何で、どう出るか。この前の暴行事件のときの漁民八名の告訴問題は、まだ保留していることだし、この連中の告訴を取り消すか、取り消せばまた煽動する者が出るもとにもなるしな、痛しかゆしだ。熊本の島本部長にも相談してみたが、傷害罪は傷害罪だから、このまま告訴はうけておいたほうがいいと言ってきた。県の命令でわしはとにかく万全を期すつもりだ。君は、こっちはいいから人吉へ飛んでくれ、たのむ」

刈谷署長はそう言うと、椅子にもたれてぐったりした姿勢になった。勢良は目礼して室を出た。そのとき、松田刑事が階段下からどなった。

「主任、出水署長からです」

急いで受話器をうけとった勢良は、出水署長の猛烈な早口を聞きのがすまいとした。

「もしもし、勢良さん、二つ情報が入りましたよ。一つは三日前の夕方、白木《しらき》川内に浦野らしい男が泊まっていたという事実です。これは川内の駐在からの連絡ですがね、翌朝この男は、黒い鞄をもって宿を出ています。ずんぐりした男で年輩もだいたい浦野と符合します、眼鏡をかけていたそうです」

「眼鏡ですか、それはかけることもあるでしょう、変装ですよ。もう一つは何ですか」

勢良も勢いづいてきた。

「薩摩布計の手前の木地山の駐在からの電話ですがね、茶の背広に下は鼠のズボンをはいた浦野らしい年恰好の男が村のタバコ屋で牛尾金山へ行く途をたずねたといいます。しかし、タバコ屋が教えると男はそっちへは行かずに布計のほうへ出たというんです、バスで行くのを見たといいます。これには、ほかにもう一人自転車屋の目撃者がいました」

「バスで……すると県下へ入ったんですか」

薩摩布計は県境にある鹿児島寄りの町である。宮ノ尾山麓の山中にある淋しい町だった。そこを北へ行くバスに乗れば熊本県に入る。浦野は布計へ出て、水潟へ入ったのか。勢良には信じられなかった。布計から山へ入ったとも考えられる。

「署長、そうなれば、あとは私のほうの持ち場ですよ。よろしい、中小場《なかこば》の駐在にすぐ連絡してあたりを聞き込みます。私たちも、とにかく久木野《くぎの》へ出ます」

勢良は受話器をおくと急いで二階に上がった。署長に報告した。そこへ、松田刑事が入ってきて言った。

「主任、浦野は人吉へ出たにきまっています。大川から国見山と大関山の間道をぬけたにちがいありません」

その張りつめた声が確信にみちていた。

「この道は肥薩線の一勝地《いっしょうち》に出る国道です。道は国見山の途中でせまくなりますが、水潟川の上流を大川から登りつめると、この国道のはじに出るんです」

「そんな道があったのか」

「はあ、一度ヤマベを釣りに出かけました。峻しい道ですが、単車なら走れます」

「オートバイなら突っきれるな」

そのまま勢良は一階へ馳けおりた。すぐ木田医院に電話した。

「木田君、おれはこれから山野線づたいに大川へ出る。そこから国見山の下を人吉へ迂回して出てみるつもりだ」

「ああ、あの道か」

「なんだ、知ってるのか」

「知ってるどころじゃない。寺床《てらどこ》という部落があってね、むかし、うちにいた看護婦の在所だ。おれも一度釣りに行ったことがある」

「単車は通れるそうだね」

「大丈夫だよ」

木田はそう言ってからちょっと息を入れた。

「おい、おれもつれて行けよ」

「あんたも？　……」

さらに木田はおっかぶせるように言った。

「おれに明日の暴動の怪我人を目あてに待機しろというのか」

「そういうわけじゃない。が、あんたの商売が大切だ」

「明日の大会に暴動があるちゅうのは、そらあ署長のきめたことだ。そんなもんはないほうがいい。おれは結城郁子をひっ捕えたいんだ」

勢良は、しかたがないと思った。この男は言いだしたらきかない。最初から、二人で手がけた事件である。大詰めにきて、独り占めするのも可哀そうな気もした。

「そらあ、あんたの勝手だな。商売のほうはどうするんかね」

「うちの女房はね、十年も一緒に看護婦がわりをやっているんだぜ。できないのは盲腸の手術ぐらいだよ」

「それじゃ待ってる。すぐこい」

そう言ってから勢良はにやっとした。

第一二章　湯山温泉

国見山系は急流球磨《くま》川の南部にそびえ、熊本、鹿児島、宮崎の三県にまたがる長い山脈である。球磨川の源流を九州三山の一つといわれる市房《いちふさ》山にもとめるなら、球磨川は市房山から発して人吉盆地で釣針のような形になり、ふかく南へえぐられて八代湾に入る。北から市房、牧《まき》良《ら》、白髪《しらが》、陀木水《だきみ》、大平、禿岳、津が尾、国見、宮ノ尾、大関といった海抜千メートル前後の峰々が波状になって南部台地を形成していたが、どの山も峻険なために、葦北平野から入りこむ球磨川沿いには平野はない。

奇岩を嚙む激流は滝のようにはやいといっても誇張でなかった。人吉温泉はその中流にあって、はるか肥後山系から流れてくる川辺川が球磨川にそそぐ地点の細長い盆地にあった。温泉場は渓流にそって、二キロの市街全体が歓楽境となっていた。この人吉温泉は湯の歴史もふるい。江戸時代から相良《さがら》といわれ、九州でも著名な湯治郷なのである。

勢良警部補たちの一行、木田、松田、高井の四名が、水潟市を出て約一時間半ほどで山野線の大川に着き、そこから国見山の山襞に入りこんだのは、十一月二日の午前二時頃であった。

石ころのひどい登り道だった。坂はかなり峻しい。先頭に松田が立ち、四人は欝蒼としげる杉、檜の巨木の中に前燈を照らしながら驀進して行った。山と山の間に月がのぼっていた。オートバイの爆音は、ねぐらの山鳥をおどろかせ、先頭のすぐ目前を突っぱしる木鼠もいた。渓谷の流れ、車輪が石をける音、それに山鳥の啼き声が重なって深夜のしじまを破った。

このような夜の深山を、オートバイで入りこむのは四人ともはじめての経験だった。風はなく、夜の気、山の幽気のしのんでくる細道——その凸凹道の反動にはげしく上下動する車と体と音。

汽車で水潟から八代へ出て、乗り換えを待って人吉へ行くとしたら四時間はかかるのだった。そこを三時間で吹っ飛ばそうというのである。

国見山の高所から三十分ほど行くと次第に下り坂になった。黒白村、嶽本村に出たとき、四人は疲労の極にあった。いくども休んだ。汗をふきながら、一行は背後の山なみをみて息をのんだ。視界を断絶する国見山容は、漆黒の巨大な壁になって迫っていた。

一勝地町から道はよくなり、平坦な、いくらか鋪装のきいた国道になった。三時に肥薩線の線路ぎわに出た。鹿児島行きが一行を追い越す。どの窓も閉まっていた。客は寝ているのだ。

人吉署には、すでに水潟署から電話で連絡があった。ようやくのことで一行が着いたとき、二人の警官が出迎えていた。署の建物は温泉宿のある通りから南へ入った官庁街にある。木造の小じんまりした建物は、疲れた四人に別天地のような暖かさを与えた。湯が湧いている。

汗をふき終ったとき、見おぼえのある年輩の清野巡査部長がきて意外なことを報告した。

「お待ちしていたとです。照会ばありました結城郁子という女は当管内の湯山で見つかりました」

瞬間、勢良と木田は目を見合わせた。

「湯前の派出所から連絡がありましてね、この女はもう一人の男と一緒に、湯山の宿に泊まっとったとですよ」

「浦野とですか」

「ところが、むこうの電話でははっきりしませんとです。浦野ではなかちゅうことはたしかです。東京の警部補さんだとかいうことですが……」

「東京の？」

「はい。湯前派出所で、この二人を見張っていますが、どうも、二人ともシロらしいですな。こっちには、とにかく、そんな連絡しかありません。そこで詳細に聞こうと思うてすぐ電話したとですが、巡査は、まもなくその二人と湯前へ急用で出かけたというとです。狐につままれたみたいでラチがあかんとですよ。湯前の駐在はいま誰もおらんです」

「その電話は何時にあったとですか」

勢良が乗りだしてきいた。

「十二時頃でした。いちおう、出水署と水潟署へ連絡ばしました。みなさんがひと足ちがいで出られたあとだったとですばい」

しわがれ声の清野巡査は眠そうな目をしばたたいた。勢良と木田が、また顔を見合わせた。それから、木田がおっかぶせるように言った。

「湯前の派出所って……そこは巡査が一人しかいないのですか」

「はあ、一人きりです。竹野ちゅうふるい巡査がおりますですが、何の用があったか夜中に湯山の宿まで出かけたとみえます。細君の話ですと、東京のそのお客をつれて湯山へ走ったと言うとるですが」

「………」

湯山へ走った——人吉市から市房山麓へ支線でさらに球磨川の上流を北へ二十キロほど入った地点にある湯前から、さらに湯山は、その終着駅から五キロほど山へ入った小さな温泉場である。肥後山系に入るさびれた山間の村だ。温泉宿といっても、市房山の登山客が泊まる三四軒の宿しかなかった。

結城郁子が東京の警部補らしい男とその温泉場に泊まっている。しかも、湯前の駐在巡査が一緒に湯山へ走ったというのだ。

「勢良君、くさいね。とにかく、大急ぎで行かにゃならん。清野さん、湯前線は何時に出ますか」

「始発は、六時です」

「六時か」

木田は残念そうにつぶやいた。まだ四時を過ぎたばかりである。疲労感が木田をどっと襲った。

「六時まで、お湯にでもつかってひと休みなさるとよか。六時には汽車は出るとですから一時間で向こうへつきますです」

清野巡査は四人の顔を交互に見ながら、いたわるようにそう言った。

外へ出ると、満月に近い月が渓谷に落ちかかっていた。四人は巡査の案内する湯の宿へ足をひきずって行った。そこは署から三十メートルほどはなれた共同風呂である。檜皮《ひわだ》ぶきの一軒屋が見えた。巡査がすでに交渉しておいたものらしい。

「おれはまだ人吉の温泉につかったことがない、ゆっくり汗をながそう」

と木田は勢良を見て言った。

「そこで考えをまとめてみるよ」

「君の風呂ん中での推理はだいたいあたるからな」

そういう勢良の顔つきも黒い疲労を示していた。疑惑の壁は、さらに三十キロ前方の山奥に立ち去っていたのだから——

浴室は四角な広い桶風呂である。天井が高く暗かった。ぬるい湯、それが疲労した体にじーんとこたえた。四人とも、四十キロの山道を飛ばしてきた尻の肉が、はれあがるようにうずいている。感覚を失なった足指にぬる湯が快くにじむのを感じた。木田の頭の中は、郁子にたいする疑惑でいっぱいだった。

「おかしな話じゃないか、東京の警部補というのを君は信じるかね」

そう言って勢良をふりかえった。勢良は目をつむり、湯舟に首をのせている。

「おれもいま、それを考えている」

「おれが熊本できいた鼠色合オーバーの男は警官だったのか……おかしいよ。材木屋の横井が目撃した男は、双葉の門前で消えた。この男は一度双葉に上がって酒をのんでいる……」

「警官と思えなくもないな。しかし、警官だとしたら、どうして連絡がないんだろう、そこがおかしい。来栖警部も、そんな男が入りこんできていることは少しもふれなかったぜ……」

「それが警官としてもだ、郁子はどうして、こんな所をうろうろしているんだろう」

「浦野を待っているのかもしれんぜ」

「浦野を待つんだったら、その警官はどうして人吉署に連絡してくれないんだ」

「浦野を待っているとしたら、警官説は変になってくる」

「ますますわからなくなった」

木田は手拭を瞼の上にあてた。鼻梁のたかい、白い郁子の顔が暗い天井にうかぶ。

「とにかく、行けばわかる」

勢良がぼそりと言った。

「おれにわかることは、どうやら大詰めにきたということだけだ」

四人が脱衣場に上がったとき、裏口のガラス戸があいた。清野巡査が黒いやせた顔を出した。

「勢良さん、只今湯前から電話がありましたとです」

「連絡があったか」

「湯山の宿で、平田屋ちゅうのがあるですが、ここの近くに浦野幸彦が潜伏しているらしいです」

勢良と木田はまだ猿又をもったままである。

「誰が電話してきた?」

「湯前の竹野巡査です。すぐ、応援隊をくれとです」

「結城郁子は?」

「湯前の派出所におります」

「東京の男は……」

「そん人も一緒におられると言っとりました」

湯気が割れてガラス戸をぬけて行く。外の闇が、そこだけ白くなった。

「ゆっくりばしとられまっせん。いま、巡査に運送屋を起させてオート三輪とハイヤーを一台工面に走らせたとです。用意ばしとりますから、すぐきてください」

老巡査部長の目は、湯気の中で人が変ったように光った。

人吉から二十キロ。段々畑の黒い傾斜が月光に濡れていた。車は北に向かって走った。球磨川の溪流にそって奥へ、溪谷は右側に遠く見えたり近くに迫る。川がしだいにせばまってゆくのがわかった。

二時間を要して湯前に着いた。駐在所は町中の商店通りにあった。車をおりると、清野巡査部長が先に立った。

ふるい四角な建物のガラス戸をあけたとたん、木田は息をのんだ。そこに結城郁子が坐っていた。小暗い部屋の中に、彼女の憂いげな彫りのふかい顔が白く映えて見えた。そばに竹野巡査の細君らしい四十五六の女が立っている。郁子はすぐ椅子を立った。

「木田先生……」

声がかすれていた。

「勢良さんもきてくださいましたのね。でも、おそうございました。阿久津《あくつ》は死にました」

「………」

木田と勢良は黙ったまま顔を見合った。

「ただ今、時任《ときとう》警部補さんと竹野さんが湯山へ直行してくださいました。わたくしもすぐ参りたいと思っています」

「時任警部補？」

「はい、警視庁三課のかたです」

警視庁三課——いったいどういうことだろう。木田はまた勢良のほうを見た。

「ぼくにはわからん。結城さん、阿久津というのは誰です、浦野幸彦のことですか」

「ええ、浦野というのは変名なのです。本名が阿久津なんです。この先の湯山があの人の郷里でした。阿久津は毒をのんで死にました……とにかく急ぎましょう。みなさんがおいでになると思って、わたくし、お待ちしていたんです」

浦野、すなわち、阿久津がどうして湯山で死んだのか。しかも、すでに郁子がそれを知っている——木田の頭は混乱していた。が、とにかく急がねばならない。木田は心もち面やつれした郁子の顔にちらっと目をやり、やがて彼女をハイヤーに乗せた。松田刑事をトラックにうつし、郁子は木田と勢良の間に坐った。

「竹すだれをつくるおうちが阿久津の生まれた家です。あの人は、わたくしの知り合いの寺野井さんの下で働いていた人なんです」

「阿久津を、奥さんはどうして知ったのですか」

「ずうっと以前から……わたくし、阿久津を知っていましたの」

郁子はなぜか口ごもった。木田の目は見おぼえのある郁子の髪を見すえていた。

〈この女は犯人ではなかった。しかし……何かがある〉

褐色に染めあげられた、ゆたかなウェーブの髪は少し乱れていた。

「阿久津は宗市を湯王寺温泉で殺しました。そして、また……」

郁子はしずかな口調でつづけて言った。

「……河野さんまで殺したのです」

「河野？」

「はい、錦織季夫と名のっていた男のことです。河野は阿久津の下で働いていたおとなしい人でした」

「出水市の今ノ木場村のシラスで殺したんですね」

と勢良が言った。

「はい、阿久津は包囲されていることに気づき、逃げきれないと観念したのでしょう。そういう場合、やっぱり、わたくしたちの考えたとおり、郷里に戻ったのです」

〈わたくしたちが考えていたように……それはどういう意味だろう〉

木田は、ある衝動にかられながらきいた。

「浦野、いや阿久津といいましたね、その阿久津がなぜ在所に戻ったんでしょう……すぐ捕まるじゃないですか」

「そうなんです。けれど、これにはわけがあります。あとで時任さんがみなさんに説明なさると思いますわ」

郁子はそう言ってから耳の上の髪を二三度かきあげた。車は球磨川の細い溪流にそって走っている。その溪流は、右になったり左になったりした。橋がいくつもかかっている。右のほうに巨大な市房山の山なみがせり上がって見えた。

「勢良君」

木田は、横に坐って先ほどから聞き耳をたてている勢良の肩をつついた。

「おれの推理はやっぱり落第だったな」

そう言って木田は郁子に向かい快活そうに笑った。

「奥さん、ぼくはあんたを疑っていましたよ。熊本にいたでしょうが」

「ええ」

「双葉旅館に見えた男の人は、時任警部補ですね」

「はい、わたくしは阿久津たちの目をのがれるために、時任警部補さんの命令で行方をつげないで逃げまわりました。そして、時任さんと一緒に熊本へきたのです」

「だが、なぜ水潟へこられたとき、ひとこと、浦野幸彦の説明をしてくださらなかったんです」

「説明しようにも、わたしにはわかりませんでしたもの。あのとき、木田先生から宇津美荘に泊まっていたお客が、実は、博士でも何でもない、怪しい男だと教えられましたね。それが、ずんぐりした五十年輩の男だったときいたとき、はっとしたのです。宗市はこの男たちにどこかへ連れ去られたのではなかろうかと、ふと、そう思いました。わたくしは東京に帰るまでに、奈良屋に泊まった二人の客やら、東洋化成の工場やら、宇津美荘、結城と関係ありそうな場所をたずね歩いて、偽博士の二人組が、ひょっとしたら阿久津たちではないだろうかという疑いを深めたのです。木田先生がわたくしに伽羅の香水をつかうかとおききになったので、この思いつきを深めさしてくれました」

「伽羅が？」

「はい、伽羅の香りのついた包装紙のことですわ」

「どうして」

「阿久津という男の中に、わたくしには伽羅の匂いがしたのです……」

郁子は心なし息を吸いこむように口をひらいた。言葉がつまったようであった。

「わたくしは熊本に着きましたとき、いちおう水潟警察へ出頭して、夫の遺骨をいただきたいと思いました。しかし、時任さんは、阿久津を逮捕することが第一の仕事だとおっしゃって、わたくしを双葉にかくまってくださったのです、わたくししか阿久津の顔を知らないのですから。わたくしは時任さんの命令を守りました。そこで、東京とのいろんな連絡の仕事をしました……」

車は坂道にさしかかり、渓流の音が高くなった。小高い尾根を迂回して、ゆるやかな畑の中道に入った。前方のうす闇に点滅する灯がみえ、うす明るい空がけむっている。

「ところで……」

と、そのとき、勢良が口をはさんだ。

「奥さんは、どうして、出水のシラスで殺された河野でしたかね、その人のことを知ったのです」

「時任さんから聞きました」

「しかし、死体の発見は昨日でしたよ」

「時任さんに、来栖さんから連絡があったのですわ」

勢良は瞬間、前かがみになっていた胸を強くうしろへ引いた。木田も思わず、

「来栖さんが……」

と口ごもった。

「時任さんの上役のかたですの。熊本と宮崎にいらっしゃったかたです。時任さんは来栖さんの指揮で動いておられました……あ、もう、湯山に着きましたわ。あの灯のあたりが阿久津の家です」

郁子はそう言って、遠い山なみの中にまたたいている小さな灯火を指さした。

東京の来栖警部は、部下の時任を使って熊本に潜入させ、阿久津と河野を追っていた? 来栖警部は古前要蔵ら密輸の一味を追っていたのではなかったのか——複雑な背景が、木田と勢良の頭の中をさらに混乱させた。

〈いったい、どういうことなのか。時任警部補にきけば、ほぐれてくるのか……〉

木田と勢良は、早くそのことを知りたかった。疲労した体が、ややもすると足もとをふらつかせる。睡魔がおそう。それに耐えながら二人は車をおり、結城郁子のあとを早足でついて行った。

その家は村の北端にあった。暗い谷が家の裏側の奥にのびている。高いけやきが灰色の空に

つき出ていて、平べったい家は地面に頭をつけたような恰好に見えた。阿久津正の生まれた家であった。

重い木戸をあけると、そこに十燭光ばかりの裸電球がほんのりともっていた。一坪あまりの土間をへだてて低い取り台があり、そこはかなり広い板の間であった。いくつも束にしてゆわえた細竹の山が見える。それらのうち、一束の結び目がほどけ、板戸に立てかけた四五種類の刃物棚の前でバラバラに散らばっていた。すだれをつくる仕事場らしい。

木田はうす暗がりの土間に突っ立ってその仕事場を見廻していた。と、急に異様な臭気をかいだ。瞬間、

〈伽羅の香だ!〉

木田と勢良が板の間に上がった。破れ障子をへだてた奥の部屋から、グレイの背広を着た四十すぎの男と竹野らしい制服の巡査がぼそぼそ言い合いながら出てきた。

「ごくろうさんです」

と巡査が勢良のうしろにいる清野を見て言った。

「どうじゃ、どげんぐあいか、竹野君」

清野がひくい声をかけた。

「どげんぐあいて……あのままですわい。本人はこと切れとりますわい」

暗がりである。その部屋の口に、七十近い頭のはげあがった老人をみとめた。部屋と板の間

の敷居際に坐っている。不意の来訪者をじろりと見たが、すぐもとの顔つきにもどって何も言わない。

「ひどい匂いですばい」

竹野が言った。グレイの背広を着た男は、首をちぢめて木田と勢良をすかすように見てから、ちょっと会釈した。何も言わない。

〈これが時任警部補らしい〉

奥の部屋へ先ず松田が先に立った。それにつづいて木田、郁子、勢良が入って行く。そこにも淡い電球がともっていた。莚の上に、男が仰向けに寝ている。黒い薄ぶとんがかけてあった。伽羅の香が、せまい部屋にあふれ、鼻をついてくる。

「ひどい匂いですばい」

と竹野が、またうしろからつぶやいた。木田はふとんをめくり、阿久津の死体を見つめた。

阿久津正は四時間ほど前に絶命した。相当量の砒素《ひそ》をあおったのである。顔にやすらいだ感じはなく、薬品の反応が強度に出ていた。心もち表情がゆがみ、ひらいた上唇に唾液の玉がひかっている。不精髭のうすくはえた顎が、すり切れたタワシのように黒ずんでみえた。木田は、硬直のはじまっている死人の手を、松田刑事の差しだす懐中電燈の輪の中で見た。右手指の爪先に、シラスの砂がつまっているのがかすかにみとめられた。

「やっぱり、この男が犯人だ」

木田は背後の勢良を見つめてつぶやくように言った。

「………」

勢良警部補は木田のうしろでうなずいた。

伽羅の香りは阿久津が死ぬ前に、それを体にふりかけたことを物語っていた。それは、阿久津が所持していた拇指大の香水の瓶が空になっていることでわかった。

「結城さんを殺し、河野も殺した犯人ですよ」

そのとき突然、うしろからグレイの男が低いしわがれ声で言った。

「この伽羅は、河野を殺すときにも、結城さんを殺すときにも、麻酔の役目を果たしたものです。ポケットのハンカチを見てください。おそろしい麻酔液がしみこませてあるはずです」

むせるような香りの中で、七人の男たちは、ただ息をのみながら突っ立っていた。と、突然、うしろにいた結城郁子が、勢良警部補と松田刑事をかき分けるようにして死体のそばに歩みよった。そして、かがみ腰に阿久津の死顔を眺めた。何か、口の中で言ったようだった。聞きとれなかった。ただ、うす暗がりの中で、腰をのばして立ったまま動かないでいる郁子の顔は、紙のように乾いて見えた。

「申しおくれました。私は東京警視庁の時任伊三郎です」

背広の男が言った。

木田民平は詳細に死体を検証した。警察医は、たとえ自殺体であるにせよ、死体を慎重に所見する任務があった。阿久津正の自殺はすでに確定的である。

敷居際に坐ったまま動かないでいた老人は正の実兄で重次郎といい、この村に住む孤独なすだれ職人であった。前夜十二時ごろ、弟の正が突然帰ってきた。汗くさいズボンの裾がよごれていた。家へ上がるなり、「東京から手紙がきていないか」とたずねた。それだけだった。重次郎は正が久しぶりに帰ったのに、妙なことを言うな、と思ったが、来信はなかったのでその旨を告げた。やがて、正は奥の間に入ったまま部屋から出てこなかった。一時間ほどのちに服毒していた。遺言はなかった。ただ、東京から手紙がこなかったかと言い残したほかには――

阿久津正が言い残した言葉は何を意味していたのだろう。結城宗市を水潟市で殺し、さらに河野光夫を出水市外で殺した阿久津は、すでに死んでいたのだ。ひと足おくれた勢良警部補たちは、本人の口から聞かねば割り出せない幾多の謎を、その殺人動機と犯行をも含めて、すべて推定によって順序だててみるしかなかった。

東京からの手紙を気にしたのは、阿久津が誰かの連絡を待っていたことはたしかである。阿久津は十月八日に水潟市近在の津奈見村から黒谷久次の船を詐取して海に消え、二十二三日頃、鹿児島県の阿久根市に近い浜に船をつけて上陸した。その間、河野と二人でどこにいたかは不明である。おそらく、阿久根市から出水市に出て、阿久津は河野と二人で今ノ木場村に着いている。そこで河野を殺し、阿久津は薩摩大口に出た。布計を通過して八代に出たか、あるいは国見山系を徒歩で横断して人吉市にきた。そこから湯前に行き、湯山の生家にたどりついたのであろう。この足どりはほぼ推定できた。しかし、大胆きわまりない方法で二人の人間を殺した男が、新聞で騒がれている近辺地域をうろうろしていたのはどういうわけだろうか。警戒網の厳しかった理由以外に、生家に立ち戻って「ある連絡」を待つ任務があったとみても不思議ではない。東京から連絡がなかったか、とたずねたことでもそれはうなずけるのだった。しかも、阿久津は兄の重次郎から手紙がきていないことをきいた直後に自殺したのである――

東京との連絡とは何だろう。勢良警部補と木田民平は、これまでにも、浦野＝阿久津が東京から何かの任務をもって水潟にきていたことは想像していた。その任務の途中で、結城宗市を殺したのだと推断してきたのだった。その東京とつながる糸は何であるか、勢良と木田にはわからなかったのだ。しかし、いま、その東京の背景を、結城郁子が知っていそうなのだ。時任警部補と来栖警部も知っているらしいことがわかる。勢良は捜査本部の主任であり、東京から追ってきたこれらの係官、また結城郁子とも膝詰めあって、早急に事件の真相を究明しなければならなかった。

やがて、勢良を先頭にして一行が湯山駐在所に入ったとき、すでに市房山の頂きの空に朝焼けがはじまっていた。こまかい雲の波が橙色にいろづきかけていた。

木田はひどい疲労を感じていたが、頭の中は昂奮に渦まいていた。てきぱきと行動をすすめてゆく勢良の横顔を見ながら、この男は事件の鬼みたいな奴だ、といった感慨をふかめた。勢良は、いささかの疲れも見せていない。かえって、その黒ずんだ顔がひきしまり、口ぶりに精気があふれていた。大股に歩いて行く。駐在所の玄関を入ったとき、

「主任さん、電話です」

と中から、先に入っていた竹野巡査の声がきこえた。

「水潟からですばい」

刈谷署長の甲高い昂奮した声が、雑音を縫って勢良の耳に飛びこんできた。

「人吉の署長から連絡があったが、ホシは死んだのかね」

一応の説明をした勢良に、署長はそれでもうこちらは終ったといった口ぶりで、

「たいへんだよ。天草も、葦北も、今朝早く各部落別に船隊を組んで水潟へ向け出発したそうだよ。湯の浦の海岸から夜明けに目撃した者の話だと、天草の沖にタイマツがあかあかと燃え、船団はおよそ五百。集合する漁民は、だいたい四千名におよぶという報告だ。船はもう不知火海に出たよ」

「………」

勢良の受話器をもつ手が大きくふるえた。〈予期した時がきたんだ……〉すると、ふたたび署長の声がたたきつけるようにひびいた。

「阿久津の死体は、湯前警察で監理して処置を命ずるまで放置しておけ。とにかく、急いでこっ

ちへ帰ってくれんか、勢良君」

「わかりました」

勢良は受話器をガチャンと音たてて切った。なぜか、激しい怒りが頭の中にさかまくれていた。そして、竹野巡査と清野巡査部長を交互に見て言った。

「あんたは、ここにいてくれ。わしらは至急水潟に帰る。処置方法は追って電話連絡しよう。事件の究明は今日にでも解決することにしたいから、御苦労だが清野君、あんたは結城さんと時任さんを水潟へ案内してくれんか。木田君、あんたも一緒に帰ろう」


湯山駐在所を出発して人吉に到着した一行は駅で二組に分れた。肥薩線八代経由で水潟に入る時任・郁子の組、オートバイに乗って国見山系をふたたび抜ける勢良、木田、松田、高井の四人である。

一勝地町から嶽本村、黒白村を通って山麓を迂回する登り道にかかったとき、四人はまた深夜の辛いコースが思いおこされた。夜とちがって朝早い山々はしめっぽい風をふくみ、ぬれた雑木の枝葉が車輪にからんだ。大関山麓の寺床村をすぎ、水潟川の上流に出たときに陽が昇った。大川、中小場、久木野を通過して山野線ぞいに水潟に入る国道は、深渡瀬《ふかわたせ》という地点で少し登り勾配になった。石灰山の崖を切りひらいた傾斜地、そこは遠く阿蘇山麓から東洋化成が水潟市までひっぱった動力線の通る道である。高い送電塔が山の頂上から疎林の間を通り、斜面の道を横切り、はるか下方に消えていた。

前方の丘陵がわれて、急に白い海のひらける地点にきた。と、先頭を走っていた松田刑事が、ギ、ギ、ギ、と音たてて急停車した。

「船団です！」

山峡の割れ目に見える扇型の海の上を、いま、点々と動く蟻のような船。白い船、褐色の船。それらの船団はみな船首に白い旗をなびかせ、暁の海風を切って南へ南へとすすんでいた。

「勢良君……」

木田は長い片足を地についてオートバイを支えていた。

「もう、こんなことはやめてもらいたいな。この漁民のことを、誰も親身になって考えてやらないから、こんなことになるんだ」

木田の目頭は充血していた。

割れた山あいの海に、つぎつぎと新しい船が入り、そして消えて行く。四人とも、水潟灣に入る漁民の大群を黙って見つめつづけた。

第一三章　怒りの街

十一月二日の朝九時三十分、水潟駅に着いた国会調査団は、革新党の米村喜作を団長として国民党から北大路介造、三田秀吉、革新党から英和吉、木村チヨ、参議院から竜造寺市太を加え、これに随行してきた六名の秘書官、県衛生・水産両部課長ならびに係官など全員二十六名の数にのぼった。一行は、水潟市会議員、市長、東洋化成工場長の出迎えをうけると、駅前百メートルの地点にある東洋化成工場に入った。調査団は前日の午後熊本市で、南九州大学、県、県漁連、その他の代表を集めて公聴会をひらき、すでに地元の事情を聴取していた。

その結果、「水潟奇病にたいしては、県も、県議会も、これまで何らの対策を立てていなかったこと」「東洋化成工場の排水処理も、他の工場にくらべて万全とはいえないこと」「県は漁民救済のために何の施策もしていなかった」という結論にならざるを得なかった。席上、南九州大学の堀教授は、「工場側が発表したデーターによると、工場は昭和七年から現在まで総計六百六トンの水銀を水潟湾に流し、うち約半分が湾外に流れ出たことになっているが、海流の関係から最北限は葦北郡津奈見村、南は水潟市角道地区までが水銀に汚染されていることになる」

と説明したのにたいし、米村調査団長は、「私の知っている範囲では、そんなめちゃくちゃな工場は全国でも珍しい」と発言した。

水潟市に入るまでの調査団は、県当局や漁連幹部の水潟奇病にたいする処置の不手際をみとめた。漁民は見すてられてきた、という思いが調査団の頭を強くゆさぶったのだ。調査団は、肉眼でその事実を見なければならない立場にあった。

工場内部や、とくに古幡地区と百巻の排水路や排水口を見たあと、調査団は工場内会議室で工場側との会談に応じたが、まず、

①南九州大学と工場が奇病問題に関して対立しているのはおかしい。原因究明は両者とも協力しないかぎり不可能ではないか。

②現在設置を急いでいる排水の浄化装置をなぜもっと早くつくらなかったか。

③会社側は道義心に欠けていないか。

といった質問を出し、工場側は、これにたいし担当部課長が説明に応じた。

まず、廃液に含まれている水銀量を、醋酸製造の場合と塩化ビニール製造の場合に分けて説明した。外国の同種工場の数例をあげ、東洋化成工場の水銀量はむしろ少ないのではないか。前日、南九州大学の堀教授は公聴会の席上で、六百六トンもの水銀が流出されていると言われたが、これは単位がひとケタ多すぎる。南九州大学の有機水銀説はこのような杜撰《ずさん》なものであって、その証拠・方法に疑問がある、などといった反論を出した。

すると、調査団の中でも尖鋭派といわれる北大路介造が、工場特設奇病研究所長にたいし一喝した。堀教授の発表した六百六トン水銀説は、工場側のデーターによって年次的通算がなされた結果の数字である。それでは、工場の提出したデーターはインチキだったのか。研究所長は黙ったまま返答しないで席に坐った。調査団はすべてに客観的な態度で接した。

①工場が利潤追及の立場で大学を非難することはやめてほしい。

②むしろ予算不足のため手弁当で今日まで病因究明とたたかってきた南九州大にたいし、工場はデーターの提供をこばみ、排水路への立ち入りを拒否し、非協力的態度に出たという事実は、工場が奇病にたいして真剣に取り組んでいるかどうかも疑わしくなる。

③昨年、東京近郊でおきた本庄製紙の有毒排水事件で「水質保善法」が設定された。これは企業家の道義心を信じ、また企業の負担を重くしない配慮からゆるやかな規定にしてあるが、東洋化成もこの法の精神にこたえてほしい。

④問題が重大化しているのに、東洋化成の宇佐見社長は水潟市に常駐して早期解決にあたろうとしないのは怠慢である。

⑤放出水銀量は少ないというが、海の環境を日本の他の工場と比較研究してみたか。水潟湾の場合、二重湾で外海との潮の交流が少ない特殊条件にあるではないか。

この質問に工場側はふたたび応答した。

①南九州大学と工場側は大いに協力して研究をすすめたい。しかし、学界が政治の圧力によっ

てゆがめられないよう希望したい。

②排水と海の環境との関係は、国内の同種工場二十一箇所すべてを調査した結果を言ったのではない。全部の調査をすませたあとで、その比較結果は報告したい。

この質議応答は午後一時に終り、調査団の一行が遅い中食をすませると、ただちに奇病患者を水潟病院に見舞った。そして、患者部落の視察には、角道、星の浦、滝堂部落を指定した。この三部落はもっとも患者数が多く、自宅療養患者も現存していたからである。

病院における患者を見たとき、どの議員も想像を絶した奇病の恐怖に顔色をかえた。病人が惨澹たる姿で放り出されていたからでもある。たとえば、三十七歳になる町の理髪店主。罹患後、店を売り払ってしまった細君がベッドに寝たままの夫を介添えしていた。「主人が死んだら、自分も一緒に死にたい」と叫ぶその細君に、革新党の木村チヨは一家の事情を詳しく聞いた。

「夫は水潟市の古幡区にきて、散髪屋を開業して六年目でした。魚が大好きで、いつも刺身をたべました。あたしはたべないで夫にだけたべてもらっていたとです。それが去年の春に奇病にとりつかれ、手がふるえるようになりました。そんな床屋に誰がカミソリをあてにくる客がありまっしょうか。ばったり店がひまになって、とうとう売り喰いがつづき、この春店ば手ばなしました。今は、この病院のベッドがあたしの家でございます。おそらく夫はなおりますまい。奇病でなおった人はおりまっせんけ、あたしは夫の死ぬまで、ここで看とっているんです……」

そう言ってハンカチを眼にやった。その夫は金具の見えるベッドの上で、やせ細った蒼黒い胴腹を出していた。あばら骨、膝頭、くるぶし、それらはすでに人間のものではなく昆虫を連想させた。頭だけが大きく見える。黒ずんだ草色の顔を突きだし、天井をにらみつけながら顎をはげしく痙攣させていた。

角道部落と星の浦部落の視察をすませた調査団一行は、水潟市漁連代表の案内で滝堂部落の坂道をおりて行った。みな、患者部落の貧しさを目のあたりに見て重い足をひきずっていた。蜜柑の植わった石垣ぞいを先頭に立っていた木村チヨが、勾配の道を曲がったとき突然足をとめた。

十一二歳と思われる男の子が地べたに腹ばいになっているのだ。道はほこりっぽく乾いていた。メリヤスの汚れた長袖が肘のところに大きな穴をあけ、つぎはぎの黒布が半分ちぎれてひらひらしている。地べたにくっつけた子供の膝坊主はウルシを塗ったような黒光りを見せていた。ひどくはれぼったい蒼白な皮膚がいやに大人びて見えた。うす目をあけて足音のほうに顎を出した。と、白いミルクのような涎がたれ、地面の砂に長い線模様をひいた。

「奇病の子供であります」

市の衛生課員が書類を取り出して、めくり読みしながら言った。

「鶴藤安次、十三歳。罹病、昭和三十三年八月三日となっております」

木村チヨは、黒地の裾のすぼまった袴のひだに手をあてたまま突っ立っていた。そして、昂奮した顔つきできいた。

「病院へどうして入れないのですか」

「はい、この父親の遺言です。病院に入れると死ぬ、うちにいたほうがいい、どうせ死ぬんだから、と言い通しておりましたが、つい先日、ここで亡くなりました。この子の姉も奇病で死亡しております」

「お母さんはいらっしゃらないのですか」

衛生課員のうしろから患者互助会の代表がすすみ出て言った。

「はい、うちにおりますのじゃろう」

見ると、石垣の上にある豚の餌を炊く大鍋のカマドの前で、黒ずんだ顔に髪をふりみだした老婆の顔がのぞいていた。イタチのようにその目が光った。そして、もっていた薪を放り出すと、急に母家へ走りこんだ。ぴしゃっと障子のしまる音がきこえた。

「治作が死んで気がふれとるとです。女子《おなご》の人がくっと、祈禱師がきて麦ば盗みよると言いだしてな、敷居のきわで拝みだしますとです」

互助会の漁師が木村チヨの横から言った。

そのとき、地べたに寝ころんだ安次が口の中でぶつぶついう音をたてた。ひなた道の隅に、十箇ぱかりエキホスの罐がならんでいた。

午後三時頃ようやく国会調査団は奇病部落の探訪をすませた。そのあと水潟市立病院前で、漁民を代表する県漁連会長その他の陳情をうけた。

この朝、百巻港につながれた船は四百にのぼり、上陸した漁民は約三千人に達するといわれた。葦北、八代、天草など、不知火海区漁民の大半が集結したわけである。この三千人は午前十時すぎ、調査団が工場側と会議をかさねている時間に市中をデモ行進した。漁民は老若の男女を問わず、その中には白地に赤い二重丸の鉢巻をしめた者がめだった。彼らは手に手にプラカードやのぼりを押し立てていた。

代議士さま、毒のある水を流さないようにしてください。
代議士さま、恐ろしい病気で死にかけている漁民をお救いください。
代議士さま、死んだ海を私たちに返してください。

市立病院前で国会調査団に陳情をすませた漁民は、さらにジグザグデモで気勢をあげたのち、水潟駅前の総決起大会が午後二時からひらかれた。怒声をあげ、金切り声が乱れ飛んだ。子供を背負った女もまじっていた。さほど広くはない水潟駅前の広場はもちろん、漁民の大群集は道路や工場前にもあふれていた。

「工場から流れる毒のために魚は死んだ。その魚を喰った漁師は気狂いになって死んでいる。なぜ工場が毒水をやめてくれないのか、われわれは工場に問いただしに行こう。工場は前回のデモで八人の漁民を告訴している。この人たちの告訴を取り下げねばならない。みんな、工場へ行こう」

誰かが叫んだ。瞬間、行列がしんとなった。先頭がくるりと首を曲げた。そして、また元の方角に身をよじって歩きだした。それは、あたかも大蛇の這いまわるような巨大な波を打って工場へ殺到した。突如、大会は取りやめになったのだ。

工場の門が閉められた。その内側には鉄カブトをかぶった機動隊三百名が待機していた。漁民がどっと門にぶちあたった。ワッショ、ワッショの掛声とともに押しあいがつづいた。と、若い鉢巻の男が、その木造十メートルほどの門に飛びついた。誰かの肩に乗った。よじのぼって行く。それにつづいて、また別の鉢巻男がよじのぼった。つづいて、また一人。また一人。

五六人の鉢巻男が門に飛びこんだ。見えなくなった。ギャーッという悲鳴がきこえた。と、そのとき、きしみ音をたてて門が開いた。若者たちがカンヌキをはずしたのだ。歓声をあげてなだれこむ人々の顔、顔、顔。すでに警官の姿はなかった。

特殊研究室、守衛室、配電室、事務室を問わず、電子計算機やテレタイプ、タイプライター、電話機、書類ロッカーなど、それらが、棍棒やハンマー、木ぎれをもった漁民で破壊された。

彼らはさらに血ばしった目で走り狂った。そして、「やっつけろ」「やっつけろ」と口々に叫び合っていた。

やがて、県警の応援機動部隊が到着した。マイクが呼びかける。たけり狂った漁民はジープに石を投げつけた。硝子が吹っ飛んだ。

「やっちまえ！」

その声は、漁民からもきこえ、警官側からもきこえた。せり合いは午後六時までつづいた。

警官隊が検挙した二名の漁民を、漁連会長が身柄受けとりに行ったまま帰ってこないという情報が入った。激昂の度をふかめた漁民は、再度、工場になだれこんだのだった。電線が断たれ、工場内はすでに暗かった。悲鳴がきこえ、血がとび、石が硝子を割った。血みどろになった警官と漁民がジープにかつぎこまれた。

「海をかえせッ、海をかえせ！」

警官に引きずられてゆく若者がジープの中でいつまでも叫んでいた。

熊本県史上空前の惨状を物語るこの暴動は、翌日の全国の新聞に掲載された。

木田民平はその日、治療室で四名の警官と三人の漁民を治療していた。怪我人の誰もが頭に傷を負っていた。棒ぎれでなぐられたか、投石にあたったものばかりである。中で、漁民の一人が右肘を折っていた。警官の一人が耳を切られていた。

彼らは木田医院の待合室で待たされているあいだ、かたくなに押しだまっていた。ときどき木田は投薬口の丸窓から待合室を見ていた。怪我人は神妙に静枝の応急処置をうけている。みな善良そうな目もとだった。あの殺気だった暴動の狂態からは遠いものであった。

「なぜ、こげん怪我ばしよったか」

木田は不機嫌な声を若い漁師に投げた。その若者は返事をしなかった。警官もだまっていた。

「馬鹿なこっちゃのう」

みなが帰ったあとで、はげしい憤りが木田の体をかけめぐっていた。誰がわるいのか。それは、これまでに幾度もくりかえしてきた木田の自問自答である。

〈工場がわるいのか……工場はおそろしい水銀の水を流している、それを認めようとしない。海には浚渫しきれないドベがたまっている。魚は獲ってはいけない。獲った魚を喰えば死の病いにとりつかれる。しかし、工場は排水口を閉鎖するわけにゆかない。水銀が病因でないかもしれない。まだ未解決の問題なんだ。二万五千人の社員、この水潟市の巨大な経済を支えている工場、簡単に閉鎖するわけにゆかない。工場がつぶれたら、この市《まち》は途端にうら淋しい漁村に立ちもどることだろう。いや、それよりも、もっとみじめな村になることだろう、死んだ海をかかえた廃村として。工場が煙を吐き、塩化ビニールをつくり、年々生産量を増し、町が栄えること、これが市民五万人のためには望ましいことである……しかし、いま、この市民の繁栄の裏に、八十五人の患者は見すてられようとしている……漁民はどうなる。不知火海岸の魚は売れなくなった。葦北、天草の漁民が怒るのもそのためだ。水潟湾漁民だけは工場から三百万の金をもらった。しかし、同じ天草、葦北漁民には何らの保障があたえられていない。一億円の保障が出たとしても、それが今や何になるだろう。漁民三千戸に、一戸あて三万円しかならぬではないか。その金で、先祖伝来の漁業をすて、何をして喰えというのか……政治が手落ちなんだ。工場と漁民を結ぶ架け橋になる人間がいないからだ。しかし、誰もがこの問題をすててはいない。代議士たちがやってきた。彼らはこの不幸を一日も早くなくしたい情熱をいだいて帰ることだろう、そして、国民に訴えてくれることだろう。それを信じたい。そうすれば県漁連も、市会も、県会も、さらに努力をつづけてくれるだろう……しかし、この流された血は何だ。耳を取られ、頭を割られ、腕を折った。生命を守るためにか……工場を守るためにか……海が悪いのか、あの死んだ海が……〉

目をとじた木田の頭に、深い紫紺色の海底に淀んでいるドベの堆積がうかんだ。死んだ貝、餌蟲、ボラ、チヌ——それらがドベに腹をつけ、よたよたと苦しみもがいている有様を思いえがいた。

〈そうだ、この海……この暗い海の底から、目に見えない何ものかが牙をむいて迫っている〉

第一四章　背景

翌朝の九時、勢良警部補から電話がかかってくるまで木田は死んだように寝ていた。熟睡したのだ。勢良の低い声はよくひびいた。

「これから捜査本部で関係者の訊問をはじめるんだ。出水署と阿久根署からも係官がきているし、東京の来栖さんも見えている。もちろん結城郁子さんはくるが、あんたにもきてほしいんだ」

「よし、すぐ行くよ」

木田は受話器を置くと、静枝に洋服を出させた。歩いて十二三分で行く。土堤から見ると、市の空は高く晴れわたっていた。昨日の暴動を忘れたように、化成の煙突から黒々とした煙がわき出ている。その煙が街の屋根々々にふんわりと落ち流れていた。

水潟警察に着くと、すでに関係者は取調室に集まっていた。刑事部の部屋に机がつぎたされている。ちょっとした会議の感じであった。木田は勢良から三人はなれた松田と高井の間に坐った。嘱託医の木田にはまだ湯山で死んだ阿久津正の自殺現場検証の報告が残っている。その木田の前に、時任警部補、そのわきに鼠色の背広を着たひょろ高い面長の男がいた。来栖警部らしい。人吉署の清野巡査の隣りにいる結城郁子は、窓から入る光線を白い片頬にうけて伏し目がちに腰かけている。彼女はちょっと木田を見て会釈をしたが、すぐにもとの顔つきに返った。

木田が椅子につくと、刈谷署長が待っていたように例の演説調で口をきった。

「結城宗市殺人事件捜査本部は昨日まで、容疑者阿久津正、河野光夫、の両名を追っていましたところ、両名はすでに死んでいる事実が発見されました。ここで本事件の事実を究明してみたいと思いますが、東京における調査を秘密裡に遂行してこられた来栖警部さん、時任警部補さんの列席をみたことは欣快《きんかい》にたえません。本会議は事件究明の最後のものであると同時に、本部解散の会でもあります。お疲れのところ恐縮でありますが、まず、主任の勢良君に事件の発端から報告してもらって本題に入ります」

そう言って署長が腰をおろすと、勢良は用意したノートにときどき目を落しながら、十月二日に結城宗市が水潟にきた当時のことから調べた事実を詳細に報告した。そうして、椅子にかけてからきりだした。

「来栖さん、わからないことがいっぱいあるんです。なぜ阿久津が結城宗市を殺したか、そうして次に河野を殺害したか、まず、それを話してくださいませんか」

松田刑事が傍らで記録の用意をした。

「阿久津は誰かに頼まれたんです」

来栖はしわがれ声でぽつりと言った。それから、松田の記録するノートをちらと見ながら訥弁で説明をはじめた。

「そうでなければ、この事件は私にもわからないのです。わかっていることを申しあげますと、阿久津は東京で寺野井正蔵という弁護士の下で働いていました。寺野井弁護士は、御存じかもしれませんが、終戦早々の第二次茂田内閣にいた建設大臣氏家源吉の鞄もちをしたり、建設委員もつとめたりしたことのある人物です。この人の下で阿久津は、いわば用心棒のような仕事をしていた模様です。弁護士という商売はなかなか大変で、事件によっては硬派の仲間とも張り合わねばなりません。恐喝のようなこともしたかもしれない。とにかく、阿久津が河野光夫をつれて水潟へやってきたのは、寺野井正蔵の命令だったと私は推測するんです。阿久津は東洋化成工場の水潟奇病問題にからんで、ある重大な使命をもってきていたとみます。おそろしいことですが、『工場を爆破しろ』という命令だったのではないかと私は思うのです」

「工場爆破……」

と誰かが低い声をだした。勢良が木田のほうをちらっと見た。

「信じられん。そんな……」

木田は口の中でつぶやいた。来栖は木田のその声がきこえたのか、彼のほうに心もち細めた目をやり、つづけて言った。

「先月の二十日に水潟で不知火海沿岸漁民の総決起大会がありましたね。あのとき、漁民が工場になだれこんで第二の不肖事を起すかもしれないと言われ、県当局も警官を大動員した。幸いなことに暴動は起きないですみましたが、これは、阿久津たちにも失敗だったんですよ。なぜ失敗したか、いやそれよりも、なぜそんな重大命令をうけてきていたのか。まず、そのことから私の調べた事実と推測を申しあげましょう……」

ここで、来栖はちょっと言葉を区切って時任のほうを見た。

「寺野井正蔵は、現在、三つの会社の顧問をしているのです。その一つに、佐木川化学があります。佐木川化学は東京丸の内に五階建ての本社ビルをもつ大会社ですが、三重県と岩手県の二つに大規模な工場をもち、ともに塩化ビニールの生産をしています。水潟の東洋化成と併び称されるほどの地位にある大工場です。いわば、東洋化成は、佐木川化学の商売仇でもあるわけです。いや、永年の仇敵ですね。御存じかもしれませんが、東洋化成は塩化ビニールとその可塑剤をつくっているということで、この可塑剤は、日本では東洋化成以外に大量生産する工場はありません。可塑剤は、塩化ビニールがわれわれになじんでいる透明な風呂敷やテーブルかけの二次製品となるためには、なくてはならない接着剤ですよ。可塑剤があって、はじめて塩化ビニールは生き得るとも言えましょう。この可塑剤をどうして東洋化成が独占生産しているかというと、いろんな理由があるようですが、最初に手がけたという功績ももちろんありますし、一日の長にあった工場は、今では、他の塩化ビニール会社がどう努力してみても東洋化成の生産コストで可塑剤をつくることは不可能になりました。つくるよりも、買ったほうがいい。佐木川化学も、山辺化成も、日田工業も、日本で著名な同種の二次製品工場は、すべて可塑剤を東洋化成から買っております。東洋化成は、ますます肥るいっぽうです……佐木川化学において水潟病問題が話題にのぼったとき、九州の南端で火を噴いたこの不幸な事件が、商売仇の東洋化成が元兇であり、わるくゆけば工場閉鎖にまでなりかねない、と噂されているのを取りあげないはずはないと考えられます。佐木川化学は現在、日本で生産する塩化ビニール可塑剤の約三パーセントを生産していますが、可塑剤工業にたいする野望はすててはいないのです。東洋化成の水潟工場が閉鎖されると、佐木川化学の三重工場が俄然盛況を呈することは当然のことですからね。寺野井正蔵は顧問弁護士といっても、私の調査したところによると、佐木川化学が昭和二十六年に三重工場を建設する際、政府の建設委員会にいた立場を利用して、何がしかの便宜をとりはからった恩義を売りつけていたようです。同社の檜枝《ひえだ》という常務と通じているんです。重役室の雑談を聞いていた寺野井は、同社に出入りする他の顧問弁護士たちとの競争もあって、檜枝常務への忠誠か、あるいは、常務の口からひそかに暗示をうけたか、そこのところは明らかではありませんが、一千万近い運動資金を入手したことは事実です。この金をもらった寺野井が部下の阿久津、河野をよんで、水質試験の詭計を教え、水潟にもぐりこませたんだとみられるのです。漁民総決起大会のはじまる時期をみはからったのはこのためですよ。ここで注意しておかねばならないのは結城宗市さんですが、この人もまた、寺野井の命令で水潟にきていたんです」

瞬間、木田はぎくっとした。そして、ふと、結城宗市の奇病探訪の理由にふかい疑問をもったことを思いだしていた。勢良を見た。その顔も蒼白なおどろきを示している。坐高のたかい来栖警部の口から飛びだしてくる次の言葉が、どのように展開するか、その期待と不安に目をみはっているようだった。

「結城さんは昔、寺野井弁護士から学資を貢いでもらっていたんです。結城さんは終戦後、陸軍士官学校からT大医学部の神経科に入りましたが、そのときの学資や生活費はすべて寺野井が出しています。卒業後、結城さんは江戸山保健所につとめましたが、寺野井弁護士への恩義はいつも感じていましたし、寺野井正蔵が水潟奇病の実態を調査するように命じたのは、ほかでもありません。佐木川化学の檜枝常務に提出する資料だったわけですね。結城さんは、もともと保健所に生涯を沈めるつもりはなかった。医者として一本立ちになり、開業医としてゆきたい野望はもっていたようです。これにつけこんだのが寺野井なんですね。水潟奇病の実態は、新聞雑誌では、ほんの表面上のことしか報じられていない。工場側は自社の研究発表をする。南九州大学はこれに対抗して独自の発表をする。新聞はその両面を報道するだけで、実際に現地の漁民の言い分をきいたり、排水の歴史や工場の操業形態を調査して、奇病の根源を探った資料はどこにもなかったのですから、寺野井は結城さんを呼んで、この水潟奇病に興味があるかどうかを聞いた。結城さんは神経科の専攻でしたし、魚をたべると脳神経がおかされるという奇妙な病気に、医学徒として関心のないわけはありません。そこで寺野井は、水潟奇病の実態調査を記録するほかに、もう一つの仕事を要求したのではないかと私は推測するんです……」

ここでまた来栖警部はひと息いれるように勢良と木田のほうを見、ついで、郁子に目をやって言葉をついだ。

「これは私の想像ですが、まあ聞いてください……工場内の見取り図ですよ。これは、結城宗市が一保健医として調査するぐらいならば、工場も開放的に見学させてくれるだろうという考えもあったわけです。しかし結城さんは、この工場の地図を作成しても、それがどのような目的に使用されるかは知らなかった。結城さんは、奇病部落や漁連や大学を訪問して、およその概要をつかんでから工場に行きました。変電室、研究室、事務室、その他の見取り図を頭に入れました。これを寺野井からことづかった男に渡す約束があったからです。この男が阿久津だったんですね。阿久津は、宇津美荘に泊まっていて二十日の漁民大会を待っていました。水質試験という計略は、それにうまく使われたわけです。約束の日に阿久津は変装して現われた。七日の夜です。おそらく、結城さんの地図ができたかを見にきたのでしょう。が、地図は完成していなかった。結城さんは、もう少し待ってくれと言って、ノートに地図を書いていたかもしれない。阿久津は何らかの理由をつくって、待ち合わせの場所を教えた。二十分ほどして結城さんが奈良屋を出たのは、そのためですよ。地図を書き終ってからノートをもって出たんですよ」

「その地図を、阿久津は工場爆破に使う目的があったんですか」

出水署の刑事が昂ぶった声をはさんだ。

「そうです、爆破です。たぶん、阿久津は、漁民が工場に入りこむすきをみて潜入するつもりだったようです。暴動が起きる。まぎれこむ。工場内の要所にダイナマイトをしかける。御存じのように、東洋化成は二日の小ぜり合い以来、警戒がきびしくなり、周囲は厳重なバリケードをめぐらしていますね。漁民がなだれこむすきをねらう以外はチャンスはないわけです。しかも都合のいいことに、爆破が完了すれば、殺気だった漁民の中の誰かがやったことにすることだってできます。まあ完全犯罪ですね……しかし、この計画は不発に終りました」

来栖の声がだんだんと熱をおびてきた。署長をはじめ皆が机上の一点を見つめている。

「これ、私の推定ですが、この推定がないかぎり、なぜ結城さんが殺されたのか動機が不鮮明なんです……それは、結城宗市さんが阿久津と会ったとき、阿久津がうっかりその目的を話したんではないかと思うわけです。ノートを受けとり、地図の部分をペリペリと破いてポケットに入れたことはわかります。そのあとで何かを喋ったのですね。これは想像できるんです。阿久津は宗市の奥さんの郁子さんを以前から知っていましたが、宗市さんとは初対面だったのです。しかし、同志だと思って気を許したんでしょう。ところが、宗市さんは爆破について反対したんではないか。まさか、そんな大それた計画があるとは考えもしなかった。ただ、東京の寺野井が急いでその資料を欲しいのだと思っていた……結城さんは、奇病の調査をしていて、病気の真因はまだ究明されていないという壁につきあたっていた。漁民の言うように、工場側が一方的に硬化する理由は、病因不明であるという一点にかかっていることを認めざるを得なかった。そのために、いま工場を爆破するなどということは、病因を究明してきた労苦ならびに、これからの研究を水泡に帰するものだと考え、大変な犯罪だと信じたのではないか。学者らしい態度だと言わねばなりません……もともと結城さんは柔和な人柄だったが、一面、片意地な非妥協的なものももっていたようです。科学者に多い性質ですが、この結城さんの意外な反対意見をきいて、阿久津は待機させておいた河野と共謀し、やにわに殺意を決心したのだと思いますね」

明晰な来栖の推理がつづく。木田は、自分もかつて結城宗市のノートを読んだときに感じたことだ、とふと思った。しかし、来栖警部はどこで調べたんだろうか。木田は顔をあげてちらりと来栖をのぞき見た。そして、来栖の細い口もとから流れでる次の言葉に耳をかたむけた。

「……不発に終れば、寺野井からは金はもらえない。何としても決行したかった。それに、結城を殺せば……阿久津はほかにたくらみがあったのかもしれませんね。今から思うと、彼が伽羅の麻酔薬を所持していたことは、結城さんを殺す目的を早くからもっていたような気もするのです」

来栖はそう言っていったん言葉を切った。皆が郁子のほうに視線を投げた。うつむいて聞いていた彼女の髪が心もちふるえているように見える。やがて、郁子はゆっくり顔をあげた。ハンカチを軽く唇にあてた。そうして、そのままの姿勢で口をひらいた。

「警部さんのおっしゃったことは、だいたい間違いございません。結城が寺野井から恐ろしい命令を受けて水潟へ参りましたことは、わたくしにはもちろん打ちあけてはくれませんでした。しかし、結城がなぜ阿久津に殺されたかという理由を見つけようとしますと、わたくしには、只今警部さんのおっしゃったことが事実なのではないかと思われてまいります。阿久津は昔から伽羅をもっていました。これは、あの人が死んだ部屋の中にも充ちあふれていましたが、あの人がなぜ伽羅の香をこんなに好んだのか、わたくしは存じません。でも、麻酔薬をしのばせていたことは、警部さんのおっしゃるように、もう東京を出るときから殺意があったとも考えられます。阿久津とわたくしは寺野井法律事務所で知り合ったのですけれど、阿久津にはどこか兇暴な性質が見うけられました。宗市と河野さんを殺したことは、わたくしにはちっとも不思議に思えないのです。阿久津は寺野井さんから金をもらって、野望を達したかったのですわ。その足手まといになった宗市と河野を、完全犯罪をもくろんで殺したのだと思います」

郁子は言い終ると大きく唇をふるわせた。さしうつむいて、両手を膝に置いた。黒いスーツが喪服のように一同の目をとらえる。何か郁子のかなしみが出ているようだ。しかし、木田は郁子の言葉に、ある不満を感じた。それが何であるか、いまの木田にもわかってはいない。しかし、それを解消できる時がくるような気がした。郁子の肩を見ていると、そんな気がする。木田は来栖のほうへ視線をゆっくりめぐらした。

「来栖さん、あなたがお調べになった事実と、あなたの推理は、だいたい私にものみこめます。しかし、佐木川化学といえば、私たちも知っている大きな会社ですね。たぶん、新聞の株式面にも出ている会社でしたね。そんな大会社が、いくら経済競争だといっても、そんな悪辣な陰謀を指令するでしょうか。もし事実として公表されるとしたら大事件ですし、恐るべきことと言わねばならんじゃないですか」

「ごもっともです。しかし、現在の日本の表面に出ている大資本工場や会社というものは、よくその末端を凝視してみると、多かれ少なかれ、かならず不合理なものを内蔵しているものですよ。東京で、銀座におきたテキヤの殺人事件がありました。これをさぐってみましたら、それが代議士に結びつき、さらに東京都の官吏に糸をひき、つづいて大臣に結ばれてゆく経路を露呈した事件がありますが、私はこれと似たものだと思うんです。寺野井正蔵は、六日前の新聞でみると、急に欧洲視察という目的で経済同志若葉会の代表者として羽田を出発しています。私は宮崎からこのことを東京に電話して調べさせましたが、事実でした。寺野井が急拠欧洲に発ったのは、九州における事件がわが身に波及するのを恐れたからではないか、というのが私の推測です。六日前といえば、阿久津が河野を殺した日です。阿久津は新聞で寺野井の出発を知った。飛躍するようですが、この合図が、約束の金を熊本県の阿久津の郷里、すなわち湯山の阿久津重次郎さん宛に送られてきていることだったと思うのです。阿久津は運のわるいことに、東京から別の犯人、密輸容疑の古前要蔵を追っている私たちの網に触れたのです。私は最初、宇津美荘に泊まっていた人物は古前要蔵ではないかと探りを入れていたのですが、それが、だんだん別人に思えてきた。しかもこの別人に、私は非常な興味をもったのです。そこで、東京に帰るとすぐ富坂署に行き、そこの大里警部から結城さんの失踪の経緯を聞いたんですよ。調べてみますと、それがどうやら阿久津らしい。同じ寺野井の門下ではあるけれど、金に目がくらめば殺人の動機もおのずから考えられました。彼は結城宗市さんを殺すと、死体を鴉のむれている弁天山に捨てました。うまい完全犯罪をもくろんだものです。死体が鴉に喰われて消失することを計算したんですよ。誰もあの森に入るものはありませんからね。安心して船を詐取し、まんまと沖へ出て、阿久根の近くで上陸した。ところが、すでに密輸容疑者として追われている新聞記事を見て、阿久津は愕然としたでしょう。そこで、二人づれで逃亡することは不利と考え、河野に別行動をとるように要求したと思います。しかし、河野は拒否した。これは当然とも言えます。河野は阿久津の郷里に、寺野井から金が送られてくることを知っています。その金を、阿久津が今になって独り占めするのではないかと疑りだしたからです。このことで二人のあいだに何度も確執《かくしつ》があったと思います。阿久津は、土地カンのない河野光夫を白木川内温泉に行こうと誘い、今ノ木場村の近くにきて早道をしようと村の中におびき出して伽羅を嗅がせたのです。結城宗市氏を殺した手口とまったく同じです。その河野をひきずって台地の端で首をしめました。それからシラスの窪地に投げこんだのですが、ここに盲点があったのです。阿久津は村のほうから台地を登りつめてきた。台地のいちばん奥にすてたと判断したのは誤りです。実はこの台地は失業対策で最近開墾地に指定され、裏のほうから日傭人夫が入りこんでいました。工事は都合上、村から離れた北の端から切り崩しがはじめられていたのです。これは土砂の運搬上の都合だったのですが、阿久津にとっては不幸だったと言わねばなりません。河野の死体は四日目に発見されることになったのです」

そのとき、それまで黙って聞いていた勢良警部補が口をはさんだ。

「それで、湯山へ、寺野井から金はきていましたか」

「私は、時任君にたのんで郵便局を全部訊きただしてもらいましたが、金はどこにもきておりませんでした。時任君はこの金のことで、郁子さんと人吉温泉界隈の各郵便局を何軒たずね歩いたかわかりません。航空郵便にも、普通為替にも、東京から発送されたものはありませんでした」

「すると、寺野井は嘘をついたことになりますね」

「そうでしょうか……寺野井は軍資金として、すでに阿久津にはいくばくかを渡していたと思われます。死体の内ポケットに、阿久津は四万円の現金を所持していました。これから推定しても、相当の金をもらっていたものと判断できます。しかし、そのほかに、寺野井から約束の金が届くことになっていたことは想像できますね。そうでないと、阿久津は働きませんからね……でも、阿久津は知らなかったのだと思います。水質試験や偽博士のような奸計を教えた寺野井が、ここにもう一つの詭計を阿久津にしかけていた事実……いま、寺野井が約束どおり湯山の阿久津重次郎さん宛に金を送っていたら、恐るべきこの事件の鍵をのこしたことになるではありませんか。その金は、最初から送るつもりはなかったと考えざるをえません。阿久津らが工場爆破に成功しようが、失敗しようが、すでに目的は終っていた。二十日に暴動が起らなかった事実を寺野井は新聞で知ったからです」

「来栖さん、もし佐木川化学から寺野井に金が出ているとしたら、寺野井は、まだそのほかに水潟市にむけて新しい人物を送っていたんではないでしょうか」

勢良のこの質問は一同に固唾をのませた。

「それは想像できますね」

「来栖さん」

つづけて木田が口をはさんだ。

「その別行動の人物は、やはり奈良屋に泊まった島崎、戸村と名のる土木関係の男ではありませんか」

「…………?」

来栖が不審な顔つきをするのと同時に刈谷署長が甲高い声をあげた。

「ああ、それはわかってる。木田君、その男たちは、昨日東京からきなさった国民党の代議士さんで、何といったかな……そうそう、北大路介造氏が内密にしのばせていた秘書だそうだよ」

「何ですって、北大路代議士が……」

「木田さん、それは私が昨日調べたんですが、着ている洋服だとか持物をききましたところ、みんな奈良屋の民江さんの説明と符合しました」

と、このとき高井刑事がつづいて言った。

「……二人は代議士の命令で、工場が夜になると廃水を流し、昼になると排水口を閉じているという事実をつきとめたり、直接、漁民に会って奇病罹患時の模様を調べたり、ドベの堆積している付近の地域を探査したらしいですよ」

「なかなか熱心な代議士さんもいると思うね。この経費はきみ、自分もちだぜ」

刈谷署長が得意そうに言った。さらに高井刑事はつづけて、

「ひょっとすると、早栗部落の木元又次と泊京の岩見金蔵が見かけたという崖の上の人物は、この二人ではないかと思うんですよ。茶色のカーディガンというのは、その戸村と名のった人が着ていたようですからね」

木田は、これら署長と高井の説明をきいても何も言えなかった。ただ、おどろくばかりである。勢良を見た。にやりとして彼はうなずいた。その微笑を木田はいまいましく思ったが、一方、何か痛快にも感じた。しかし木田は、来栖警部の説明をきいていて、先ほどから事件の背景に目をみはらされると同時に、二三の疑惑が心にのこったのであった。

まず、結城郁子がどうして阿久津を知ったかということである。それに、来栖警部がどうして結城郁子と知り合ったかという肝心のところも曖昧な気がした。

「来栖さん、あなたは奥さんとどこで知ったのですか」

来栖警部は郁子のほうをちらと見て言った。

「奥さんが警視庁へきてくださったからですよ。富坂署の大里警部から、あなたがたの手紙もあとで見せられましたし、奥さんの身辺に危険を感じたので、時任君をつけて事件を別個に追わせたんです。寺野井が何をするかわかりませんからね」

「なるほど。だが、寺野井が危害を加えるような男だったら、なぜ、そこで逮捕状を出さなかったんですか」

「確証がないからですよ。疑いだけでは警察はどうすることもできません……奥さんは麴町の事務所へ一度寺野井を訪ねています。そのとき寺野井はいなかったそうです。熱海に行ったといっていますが、これは調べたところ嘘でした。大急ぎで、出国手続きに奔走していたはずです。あの男には、阿久津だけでなく、まだ子分がいますし、どんな行動に出られるかわかりません。私は寺野井と阿久津を結ぶ線を奥さんの報らせで知り、奥さんの言うとおりかもしれないと思って、水潟にいた偽博士は阿久津だという確実な証拠固めに時任君を走らせたのです。私も熊本にきて刈谷署長から詳しく聞きました。時任君が調べたところによると、阿久津の家は世田谷区の経堂《きょうどう》にあって、三間ばかしの小さな家だったそうです。細君はありません。もちろん子供もありません。ひと月ほど前から家に帰っていないと留守番の老婆が証言したことも疑惑をふかめました」

「来栖さん」

勢良警部補だった。

「あなたが説明されることは確かに私どもの調査してきた事実と符合しています。しかし、たった一つだけ合わない点がありますよ」

来栖と時任がちょっと顔を見合わせて上席のほうに顔を向けた。勢良はつづけた。

「それは、阿久津正が宇津美荘から奈良屋に変装して地図を受け取りに行ったという箇所ですが、このときに、阿久津は結城宗市氏とは初対面だったと言われましたね。私はこの点、この日が初対面ではなかったように思うんです」

「というと、東京で知り合っていたという意味ですか」

時任警部補がはじめて口をはさんだ。

「いや、東京ではありません。先ほど奥さんの証言にもあったように、阿久津は結城さんと会っていなかったかもしれません。しかし、水潟市へきてから、一度か二度会っていたと思うのです」

「二日から七日までの間にですか」

「そうです、これには物的証拠があります……木田君の発見しました栄次郎飴という東京名産の罐入り飴です。宗市氏はこの飴を患者の鵜藤治作にプレゼントしております。この日は十月五日です。五日の夕方頃、木田医師は確かにこの飴を宗市氏が持参したことを確認しています。ところが、宗市氏は一日に東京を出発する際、奥さんが見送りに行かれたときには、そんな罐入り飴など持っていなかったと前に証言しておられます。ということは、誰かが宗市氏にその飴をくれてやったとみねばなりません」

「しかし、そんな飴ならば途中の汽車の中でいくらでも買えますよ」

時任は反撥するように言った。木田は黙っていた。そして、熊本から汽車に乗った際、食堂車の少女が売っていた土産物品の平べったい籠をしずかに思いうかべていた。時任警部補はよく調べているな、と感心しながら二人の話に耳を傾けた。勢良がまくしたてている。

「……汽車の中で買われたものにせよ、この飴は阿久津正が持っていたものであることは、九分どおり確実だと考える証拠があるんです。その飴の罐の包装紙に伽羅の香水がしみこんでいたということです。偶然にしても、誰かが香水の傍らにその罐入り飴を置かないかぎり移り香はつきませんよ。これは木田医師が実験した上のことで、信用していいと思います……すると、やっぱり伽羅の香水をたえず所持していた阿久津が荷物のどこかに罐入り飴をもっていて、それを宗市氏にあたえたという事実が推測されることになりませんか……」

「伽羅の香が匂ったのなら、そうでしょうな」

と来栖が言った。時任警部補は黙ったままだ。

「五日以前に阿久津が宗市氏と会っていたとすれば、やっぱり犯行はそのころから計画されていたと考えられるんですよ」

勢良はそう言ってから木田のほうを見た。

鹿児島県警から出張してきた阿久根署員と出水署員の発言は、阿久津が阿久根管下の海辺に船をつけ、そこから上陸して以後の足どりに関する裏づけであった。二人の述べた報告は、だいたいこれまでに本部の得た記録と重複しているものだったが、阿久根署の刑事が言ったことの中に、ダイナマイトに関する一項が一同の注目を惹いた。

「阿久津は黒久丸を管下の赤崎岬近くに横づけにした模様ですが、その翌日頃、笠沙半島にある平瀬という小島の先に出ていた漁師が、深夜、沖のほうで何かの炸裂する轟音をきいたと報告してきました。この情報を県警各署にあたりましたところ、やはり、二トン級の船が海上で爆破していることが判明しました。海上保安部にも連絡してみましたら、木っ端をよく見ると、ダイナマイトの炸裂破損らしい箇所が見られたということなんです。また、この情報が入りましてから三日ほどして、熊本の本部から天草の石灰山のダイナマイト盗難事件の報告をうけています。天草に現われた通産省の資源調査官と名のった男は、河野光夫ではないかと思いますね」

「すると、本署管内の湯の浦に現われて未遂のまま姿を消している男も怪しくなってきますね。宇津美荘を出て、彼らが黒久丸を借りてどこかに船をうかべていた五日ほどの空間は、ダイナマイトを得るためだったのでしょうか」

と松田刑事が言った。

「この裏づけは、本部が責任をもちましょう。結果がわかりしだい関係各署に報告いたします」

勢良は署長の顔を見ながら意気ごんでこたえた。

事件の全貌は以上のような推理によって解きほぐされていったが、木田民平だけは、まだ、ある疑惑にとらわれていた。それは、結城宗市を殺した阿久津の動機についてであった。工場爆破計画を反対されてやったのか、そのほかにも理由があるのか――しかし木田は、この疑問を軽い不満としてもったにすぎなかった。

その日の午後、結城郁子は時任警部補に伴なわれて、夫宗市の死体を荼毘《だび》に付した。水潟市の北方山麓にある火葬場で結城宗市は灰と煙になって消えた。遺骨を白布に包み、郁子は四時の急行霧島に乗車して水潟を去った。木田は郁子に会わずに終った。

木田民平が結城郁子から、分厚い親展の封書を受け取ったのは、それから四日目のことである。

第一五章　新しい事実

拝啓　東京は一日じゅうどんより曇った秋空でございます。わたくしのおります部屋の窓には、近く開通する地下鉄工事の高いヤグラが灰色の空にうかんでみえます。もう冬の風が住宅街の樹々の梢をふいています。わたくしは部屋の隅のほうに、宗市の位牌をおくために一つきりの机をとられました。宗市はこの手紙をかいている白布のかかった机の上の便箋のそばにおります。二十センチほどの白木にかかれた名前になって……

木田先生、わたくしは先生におあいしないままに東京へ帰ってまいりました。水潟を出発しますときにもう一度先生にお話しておきたいことがありました。わたくしは火葬場へ同行してくださった時任さんにも、木田先生におあいしてから帰りたいと申しておりましたが、なぜか、そのまま帰ってしまいました。夫のからだが、あの山のはしの段々になった蜜柑畑の上の火葬場から煙になって流れるのをみていると、わたくしはかなしくなりました。町の空は、工場の煙突からでる煙でいっぱいでした。その煙のなかに、夫のうすい煙が吸われてゆくのをながめていますと、一日もはやく水潟という町から逃げだしたかったのです。わたくしは、そんな暗い気持にとざされて帰ってまいったのでした。

木田先生。

先生がわたくしをごらんになる目の奥には、わたくしにたいする疑いの目がございました。わたくしはこれをいつも、いたいほど身にうけとっておりました。きょう、ここで、先生になにもかもお知らせすることで、そのような先生の疑惑ぶかいお心がとけますことを、わたくしは望んでいるのです。

夫は十月一日の夜行で東京をたち、たしかに二日に水潟市についています。夫は、そこから三通のハガキをくれました。わたくしは、二週間目の十四日、はじめて御地へお手紙をさしあげました。そうして十九日に水潟へまいっております。そのとき、木田先生が駅へお迎えにきてくださいましたね。わたくしはついた早々に、先生から二つの質問をうけています。夫のもっていた栄次郎飴をわたくしがもたせたかどうか、伽羅の香水をわたくしがつかわなかったかどうか。瞬間、わたくしは阿久津を思いだしていたのです。伽羅と栄次郎飴は、阿久津の思い出のなかに、いや、わたくしの心のなかにあったからです。

阿久津というひとは、夫が先生とよんで若いころからお世話になっております寺野井弁護士の事務所ではたらいていた男でした。わたくしは、宗市と結婚しましてから、はじめて、寺野井先生や阿久津と知りあったのでございます。阿久津は寺野井事務所でも、いちばんの古株でした。年輩でもありましたし、どういう仕事の分担をいたしておりましたものか、寺野井先生は、おいおまえなどと、あいそよく呼ぶことがありました。夫はこの阿久津とは顔を合わしておりません。いまから思うと、夫はひょっとしたら、阿久津とわたくしがあとになって敵対せねばならぬようなことになるのを知っていたのかもしれません。夫は結婚後、寺野井事務所へはあまり顔をださなくなりました。わたくしたちが結婚してまもない一日、わたくしは阿久津の訪問をうけました。ちょうど夫が保健所にでかけた留守中のことでございます。阿久津は赤い罐入りの飴をみやげにして、わたくしどものアパートにやってきたのです。阿久津が寺野井事務所の仕事のことで、なにか夫にたのみごとでもできたのかと思いましたが、阿久津の顔をみていると、そうでもありません。阿久津はついぶらりときたようなふりをしておりました。とつぜん阿久津は、あなたがすきだ、自分はあなたをみていらい、だれとも結婚する気がしなくなった、この世のなかで、こんなに思った女性はいない、などと、五十にすぐとどく年ごろになりますのに、まるで青年のような言葉をつぎつぎにしゃべるのです。わたくしは背すじがさむくなるのをおぼえました。じょうだんだろうと思ってききながしておりますと、急に阿久津がちかよってきました。と、阿久津は、わたくしの顔にハンカチをあてたのです。一瞬、なんともいえない伽羅の香をかぎました。気が遠くなり、吐きけをもよおすようなだるい感じになり、ぐったりと坐りこんでしまったようです。ひきょうにも麻酔薬をつかったのでございます。それから……一時間ほどたってわたくしはすべてを知りました。わたくしはその日から人間がかわってしまったのです。それまでは、夫のこのみにあうような、オキャンであかるい性質だったわたくしが、夫にもへんに思われるほどかわってしまったのです。

心のなかで夫にすべてを告白しようか、しないですまされればいいけれど、気のちいさい夫が、このことをほかから知ったらどういう態度にでるか、そのことのほうがおそろしい……わたくしはそんなことばかりかんがえ、毎日をくらい気持ですごしていました、しかし、どうしたことでしょう。わたくしは阿久津に恐怖をおぼえると同時に、いっぽうには興味をいだいていたのです。阿久津はそれからもやってくるのです。そのころは大森のアパートに住んでいましたが、夫の宿直の日などをえらんでくるようになりました。わたくしは阿久津にはやく帰ってくれるようにといいます。かれは、ただ、だまってすわります。そうして、わたくしに要求してくるのです。いつも、栄次郎飴をみやげにもってきました。こんなものをもってこられては、あとで夫に説明のしようがございません。わたくしは阿久津が帰ったあと、なんどゴミ箱にその飴をすてにいったかしれないのです。おそろしいことでした。阿久津には、宗市という夫がみえなくなるのです。わたくしをみていると、わたくしだけが目にはいり、わたくしの背後の宗市は消えるんだと、目をひからせて阿久津は申します。かれが、なぜこんなに強引に、なぜこんなに一方的に、わたくしの前にあらわれてわたくしを要求するのか、その不気味さに死にたくなることさえありました。けれどその反対に、わたくしは、阿久津のわなにかかると、どうすることもできない動物のように、死にたい、死にたい、殺してください、とさけぶばかりだったのです。

木田先生。

先生は女というもののなかに、権威や暴力のまえには、完全にまいってしまうべつの心があるのをごぞんじだろうと思います。また、わたくしには、阿久津のような性格の男に、反抗する力がひとよりもすくなかったように思うのです。死をえらぶか、もしくは、だまって負けるしかない。阿久津の来訪は、わたくしとの交渉が再度におよんだ翌日から毎日のようにはじまりました。わたくしは憎しみながらも阿久津を部屋にいれました。こわかったからなんです。アパートの管理人や隣人が気づきだしたのでこまりました。一方では、夫をふかく愛していたことにはかわりはありません。わたくしはとうとうこの二重生活にたえられなくなり、阿久津からにげるために、富坂二丁目の間借り生活にうつりました。そうして夫と一日もはやくいっしょにおられるような境遇になりたいと、生活の改善をはかったのです。

もちろん、宗市は、保健医などはいやがっておりました。はやく独立したいと口ぐせのように申しておりました。しかし、それとても、資本金のないわたくしたちにはどうすることもできなかったのです。ひっこして、だれにも知らせないでいると、阿久津の足は遠のいてゆきました。

そんなとき、寺野井先生から水潟病について本格的な探訪をやってみないかという依頼があったのでございます。夫は奇病を調査するかたわら、東洋化成工場の見取り図をつくればいいといわれたということです。このことは、わたくしに打ちあけてはくれませんでした。夫がどのような約束で、保健所をやすんで水潟へいったかはぞんじません。のちに、時任警部補さんが、寺野井事務所や佐木川化学の背景を調査なさって、おそらく、夫がその任務を負って水潟に出張したのだろうと推定されました。わたくしは、いまはこの推定がまちがっていないとおもいます。なぜか、とおっしゃいますか。それは、夫が阿久津に殺されたからでございます。そうして、阿久津も死んでしまいました。

宗市が殺された動機には、二つがかさなっているのです。それは工場爆破に反対したということ、阿久津にとって夫は邪魔者であったということなんです。わたくしには、阿久津が夫を殺したのは、むしろ、わたくしという女をおいての殺意のほうが強かったのではないかとかんがえられるのです。

あの湯山のすだれやの奥の間《ま》に死んでいた阿久津の顔がわすれられません。この世から悪魔の去ったよろこびと、なんともいえないかなしみにうちひしがれました。木田先生、わたくしにとってあの湯山の夜ほど、わたくしの生涯によろこびとかなしみをあたえた夜はなかったのでございます。

わたくしが先生から、栄次郎飴と伽羅の香水のことをきかれたこと、また宇津美荘に五十がらみの男と三十七八の助手がとまっていたときいて、この男たちが、阿久津とその相棒河野光夫（このかたは、ずいぶん性格のいいひとで、寺野井事務所にながくつとめておられましたが、ふいにやめたひと）ではないか、その二人が夫の行方不明と関係があるのではないかと直感したのは、こういうことがあったからでございます。奈良屋へ七時ごろクリーム色のジャンパーをきた男が夫を迎えにきた、と先生はわたくしが到着した日におしえてくださいましたね。わたくしは奈良屋にひとりでまいりました。さっそく女中さんから、夫が滞在していた当時の詳細をききだしました。それから、いろいろと探訪をはじめたのです。はじめは奈良屋にとまっていた土木のお客さままでうたがいました。そうして宇津美荘にいって、二人組が阿久津と河野の風貌とにているのを知って、いそいで東京に帰り、寺野井事務所にまいったのでございます。寺野井は不在でした。事務員のかたたちに阿久津の行方をたずねましたがわかりません。熱海に寺野井をさがしにゆきましたが、指定宿にはいませんでした。わたくしはきっと夫の行方と阿久津が関連しているとおもい、知人の警察関係のひとをたよって警視庁にゆき、そこではじめて来栖警部さんとあったのです。それからのことはすべて、警部さんのおっしゃったとおりですが、ただ、阿久津とわたくしの関係だけは、あの場合、あの席上でお知らせする勇気がわたくしにはなかったのでございます。

木田先生。

わたくしはいま、東京の空から、あの南九州の晴れた高いお空と、白い波のしわのみえるしらぬいの海、大きな煙突のある水潟の街の風光を、つぎつぎと思いおこしております。そうして、ふとあの東洋化成工場が、水潟奇病というおそろしい病気の毒を海にながさなかったら、わたくしの夫宗市もまた死なずにすんだのではなかろうかと思うのでございます。しかし、これは虫のよいかんがえでもありましょう。いまかきつづりましたように、わたくしの悪魔が死んだのです。水潟奇病というおそろしい病気のおかげで、阿久津という人間が、この世から消えたというよろこびも、わたくしの心のなかに宿るのをかくすわけにはまいりません。そういうわたくしを、先生はきっとおしかりになるとはぞんじますが、こういうかなしみのなかに生きた女の妄執として、どうぞおみのがしくださいませ。

先生はあのあかるい治療室で、きょうもまた患者さんを治療しておられることと思います。どうか、御健勝でおくらしのほどをお祈りしております。かしこ

この手紙の着いた翌日、勢良警部補がぶらりと木田医院に現われた。患者が帰ったあとの治療室はひっそりしていた。木田はカルテの箱の上から、郁子の手紙をとって勢良に渡した。そして、角ばった顔をときどきひきしめたり、考えぶかそうにして読んでいる勢良の様子を、木田はタバコをふかしながら見ていた。

やがて勢良は読み終ると、手紙をゆっくりたたみながら言った。

「なるほどな。おれの疑問もこれで解けたよ。阿久津が工場の見取り図ぐらいのことで、結城宗市から爆破計画に反対され、すぐに殺意をいだいたことに不審をもっていたんだ」

「君もか……しかし、それだけの感想か」

「いや、ほかにもある。奇病が結城の命を奪い、一緒に憎い男も消してくれたという郁子の心

の中だよ」

「ふーん」

木田はタバコを灰皿にすてた。

「おれはこの手紙で感じたことがある……まず最初に、阿久津が、七日の夕刻結城宗市を呼び出しに行ったのは、ほんとうに化成の工場の見取り図がほしかったためだろうか。これが嘘のような気がするんだ」

「嘘だ?」

「来栖警部と時任警部補は警視庁きっての腕ききということだ。寺野井の欧洲旅行と、佐木川化学との結びつき、それに事務所の聞き込み、そういった数々のデーターをそろえて、この殺人を工場爆破と結びつけて考えている。しかし、あの七日の夜、ノートをもって薄茶の背広に着換えてから奈良屋を出た結城は、阿久津とどこで会ったんだろう。あの日の会議は、このことにはふれていなかった……」

「宇津美荘には呼べないからね」

「阿久津は、そうすると、外で待っていたことになる。外で待つとなると、いったいどこだ。君も知っているとおり、湯王寺は奈良屋で行きどまりだ。あの旅館の前で待つということも考えられるが、そんなはずはあるまい。いくら客が少ないといっても、七時といえばまだ奈良屋は宵の口だ。最終でくるバスの客を待ってから玄関を閉めるだろう。すると、あのあまり広くもないアスファルトの旅館前は明りがさして見えるし、誰かに見つかってしまう。阿久津はすでに結城の部屋で、どこそこへこい、そこで待っている、と場所を指定したにきまっていると思わないか」

「うーむ、君は前にもそういうことを言ったな」

「君はあの湯王寺温泉じゅうを足を棒にして聞き込んだが、バスの車掌も、土産物屋の女たちも、宿の女中も、二人の姿を見たものがいなかった。としたら、二人は奈良屋から磯づたいに弁天さんの祠のほうへぬけたとみていいんじゃないだろうか」

「夜のくらがりにか」

「あの晩は、調べてみたら満潮は五時にきている。天気もよかった。空は晴れて星月夜だったろう。空のあかりで磯づたいの道はわかるとしても、問題は、そんな暗い崖のほうへ、結城がどうして一人で行ったかということだ。それにもう一つある。そんな抜け道のある湯王寺の行きどまりの奥を、阿久津がどうして知っていたか。どうして結城宗市をそこに呼び出したかということだ」

「………」

「阿久津は昔この水潟へきて、土地の事情はくわしく知っていたかもしれない。しかし、いくら知っていても、夜のそんな暗がりに結城を呼び出したか不可解な話だ。結城がいやがってこなければ、おしまいだからね」

「そうだ」

「それが、いま、この結城郁子の手紙で解けたんだよ……」

木田はまた新しいタバコに火をつけてゆっくり息を吸いこんだ。

「いいか、阿久津は工場の見取り図などどうでもよかったんだ。結城宗市を殺したかったんだよ。阿久津は郁子を欲した。宗市が行方不明になれば、郁子は自分に落ちてくる可能性はある。郁子が自分を嫌っていると阿久津は知っていても、この手紙を読むと、郁子は阿久津の奇妙な執念に魅入られている。そうでないかぎり、二度三度と許すはずはないだろう。だから宗市さえいなければ郁子をモノになると思っていた。阿久津は、この水潟行きを結城殺人にすりかえたんだと思う。勢良君、おれたちだって知らない山の奥の鴉のむれている森の中を、どうして阿久津は知っていたんだろう……」

ここで木田はタバコをひと息喫った。勢良は沈黙したまま目をすえている。

「これには理由がある。津奈見村から船を詐取して、三日から七日のあいだ、阿久津たちはどこにいたか。この五日間の空白を何で埋めたらいい。もちろんダイナマイトを盗む仕事もあったろうが、もう一つ仕事があったんだ。阿久津は結城が奇病部落を廻って、熊本へ行ったり工場を訪ねたりしているあいだに、結城をおびき出す場所と、死体をかくす場所とを捜していたんだと思うよ。おれの推理では、ゆっくり地理を研究した阿久津は、弁天山の崖のほうへ行く途に寺野井が待っていると言ったかもしれん。寺野井先生が水潟へきて待っている、と言われれば、結城は行かざるを得まい。暗がりでも、そこへ行かねばならん。工場の見取り図はできたか。先生がそれを直々に受けとりたいとおっしゃる、おれが迎えにきた。磯のほうで待ってるから、服に着かえてこい。そのときにノートを忘れるな……と阿久津は万端の用向きを話したにちがいない。結城宗市は二十分ほどして出かけた。磯へ出た。外は星空でやや明るい。磯波が光っているから、だいたいの道はわかる。山の抜け穴のトンネルのところで不意に阿久津が出てきた。彼は結城を殺せばいいだけだ。二人はトンネルを抜けた。そこに、相棒の河野が立っている。夜だから、うしろ姿は寺野井だか河野だかわかりゃしない。『あすこだよ、結城さん、先生が待っておられるよ』こう言って阿久津はうしろに廻り、力いっぱい頭をなぐった。昏倒する。例の伽羅のハンカチをかむせ、麻酔を吸いこませる。それから河野と一緒に調査ずみの木樵の通る細い道をぬけて、あの森の中にたどりついた。あとは、おれたちが見た現場のとおりだ。鴉に肉を喰わせればいい、完全犯罪だ」

勢良はじっと木田の顔を見ていたが、大きく息を吸いこんで言った。

「なるほどな……で、三日と七日の空白は、犯行現場をさがしていたというわけか。それにしては海へ遠出していたちゅのはおかしいな」

「遠出もしてみたかもしれん。ダイナマイトのことで天草へも行った。死体を捨てる場所を考えながらだ。結局は森の中の鴉に喰わせるのに落ちついたと思う。というのは、船に乗って死体を海へ捨てるということを、まず誰もが気づく。しかし、この海は内海だ。毎日、潮流は磯へ寄せながら堂々めぐりしている。こんなとこへ死体を捨てればすぐわかってしまう。どこかもっといい捨て場所はないか、完全に死体を葬む方法。この研究のために、彼は水質試験といつわって海へ出ていた……そのある日、これはおれの推理のゆきすぎかもしれんが、部落のはずれか、それとも島の中で、死んだ猫にむらがっている鴉を見たんだよ。おれだって、大《おお》泊《どまり》村の患者の家へ行ったとき、鴉が猫を襲うのを見たことがあるんだ。その猫は生きていた。おそろしい光景だったよ。鴉は飢えている。やせて死にかけた猫は好餌だからな。これを目撃した阿久津がその鴉の森をさがしたんだ。海へ出る。鴉が飛んでいる。その鴉が夕暮れにどこへ帰るか、それを海にいてつきとめたんだと思う……弁天山の奥の森だった。その森を下見に行った。案の定、鴉がむれていた。奇病にかかった鴉どもに阿久津は微笑して感謝したことだろうよ、宗市の死体をたべてくれる鴉どもにね……」

勢良は木田の説明する光景を目の奥に思いえがいている表情であった。そして、ゆっくり口をひらいた。

「わかった……それで、この手紙の中に、そのほかに何があるだろう」

「それだ……」

と木田は、ちょっと言いしぶるような目つきをした。

「勢良君、結城郁子の性格をどう思う? この女は妙な女だな。阿久津に身をまかしたのはこの女の弱さじゃない、むしろ、この女は強い女だと思うね。水潟へきた最初の印象の中に、おれは、低いどこか人ずれのした彼女の声のひびきを耳にして、変だなと思ったことを話したことがあるだろう。それだよ。あの女は、あの黒いスーツと、グレーのボンネットがよく似合った。しかし、君やおれは田舎もんだ。服装が都会風に洗煉されていると、ついその女をよく見たがる。君は湯王寺の芸者蘭子が、抱え主の借金にこまって熊本へ出稼ぎに行った話をしてくれたね。その蘭子は新聞記事を見ただけで、水潟署へ飛んできてくれた。あの女は金で身をまかせて暮らす芸者だぜ。しかし、新聞を読んだだけで飛んでくる素直なものをもっていた。郁子はどうだ。はじめに、おれとお前に夫の行方不明をたのんでおいて、そのまま放ったらかしだ、夫の遺骸もだ。そうして湯山まで行っている。あの温泉村の夜を知っているかい。おれは、死んだ阿久津の死体を見つめていたあの女の表情を、今でもおぼえている。手紙では、あの夜ほどうれしかったことはないと書いているが、それだけではなかったはずだ。郁子は水潟の奇病が夫を殺し、悪魔を消してくれたというが、言いがかりも甚しい。勢良君、この殺人は、やっぱり郁子の不可解な肉の中にひそんだものが動機の幾分かを背負っていると思う。おれから叱られるとは言ってるがね……」

木田はこう言って二本目のタバコを捨てた。勢良は、いつに似合わぬ木田のしんみりした顔つきを同感の面持で見入った。

「勢良君、この殺人事件と水潟奇病は関連はしている、いや、深いところで結ばれていると思うんだ。奇病は、東洋化成という工場をもった水潟市が、十何年の歴史の中でうんだ膿《うみ》みたいなもんだ。殺人事件は、表むきは結城郁子という女を中にはさんだ愛憎の争いだったと思う。それが、水潟という場所を舞台にえらんだということで偶然に交錯したようにみえる。しかし、事実はもっと別のところに牙をむいている……それは、寺野井正蔵と佐木川化学だよ。恐ろしいことだよ。君もおれも、これからもっともっと考えてゆかねばならんことを教えてくれる。市の不幸な事実、まだ解決のつかない奇病というかなしい事実が、たんにこの水潟地方、九州の人たち、いや、国民の現実の問題として、誰もが考えてくれているとは限らないということだ。まして、複雑な資本主義機構の中で、会社もまた個人の愛憎に似たみにくい争いの渦の中にあるということだ。国会議員もそうだよ、市会議員もまたしかりだ。勢良君、みんな奇病を喰いものにしているじゃないか。考えてみろ……このことが考えつくされないかぎり、水潟奇病は日本のいちばんみにくい黒点としていつまでも残るだろうな。おれはいま、それを考えているんだよ……」

「そうだな、たしかにそうだよ」

「勢良君、おれたちが今せなきゃならんことは何だろう。つべこべ文句を言わんで、患者をまじめに治療せよということか。犯罪が起らんように足を棒にして走れということか……それもよかろう、だが、奇病の真因が早く究明されないかぎり、不知火沿岸漁民の生活保障を国家が考えないかぎり、まだまだ第三、第四の血の雨がふるかもしれない……」

「同感だ……君は仕事に精を出せ、もう探偵業はよせ」

と勢良は微笑して言った。

「いや、道楽じゃないんだよ。警察医という名誉職があるかぎり、おれはあくまでつづけるよ」

「奥さんに商売をまかせてまでもか」

「まあ、そうだ」

木田はこのとき、思いだしたように奥に向かって妻を呼んだ。すぐ静枝の丸い顔が半びらきのドアからさしのぞいた。

「静枝、碁盤をもってこい」

彼女がにっこりして顔をひっこめたとき、同時にけたたましい電話のベルが鳴った。まもなく、

「あんた、星の浦の患者さんが怪我ばしなさって……」

と、静枝がどなった。

「奇病患者かい」

「そうらしいわよ、駐在からです」

「おちおち碁も打っておれんなあ。勢良君、二目の角番だったな、おぼえといてくれよ」

木田は勢良を見て大声で言った。

終章　死んだ海

その年があけた。昭和三十五年二月十二日、東洋化成工業宇佐見社長は、熊本県東京事務所で寺井知事のあっせん仲介による漁業保障問題について、葦北、天草両海区漁民三千戸の保障と立ち上がり資金として、とりあえず一億円を出す旨発表、この調印経過は全国各新聞の片隅に掲載された。

当日、宇佐見社長は記者団にたいし、「水潟病問題は、まだ政府各省庁で対策が検討されている段階だが、漁民のみなさんとの対立が暴動事件にまでひろがり、一般の人々や、工場従業員を憂慮させており、一日も早い社会不安の解消が望まれることは工場としても第一義と考え、今回の調印をみた。しかし、会社としては、厚生省がさきに発表した『ある種の有機水銀化合物』とは『どの種』なのか、従来どおり奇病の原因は工場にないという立場は変っていない。法律の適用によって、公正な立場であっせんされたものと認められたので調印した……」と発表している。

また、これと前後して、農林省農地局計画部は、水潟湾を浚渫し、ドベの量の最も多い袋湾を埋めたてることを発表、技術的可能性を検討するために本格的な現地調査を開始、掃海と合わせて、およそ四九五ヘクタールの袋湾に新農地造成をねらう旨を発表し、水潟病問題に明るい根本対策の一つを示した。

また、海上保安庁は第七管区本部に海流調査の指示をあたえた。二月下旬から二十日間にわたり、水潟湾工場海岸から古木島の海上を精密に検流器検査を施行、さらに、厚生省に従来設けられていた食品衛生調査会の水潟中毒部会は、「ある種の有機水銀化合物による病因説」を最終答申として同会を解散した。これで、水潟病対策の主体は水産庁に移り、体制一本化の実現が見られたのである。

水潟病問題は、年があけて、いよいよ政府の本腰が入れられはじめたわけだった。二月十二日に宇佐見社長が発表した一億円の立ち上がり資金融資は、考えてみれば、三千戸の漁民に割りあてすれば一戸三万円たらずであった。しかし、病因不明の現段階では、工場側のとった態度は一応これで誠意があったものと見られたし、漁業保障問題は一応の終止符が打たれたと報ずる新聞もあった。だが、解決は病因不明の問題と一緒に日暮れて道遠しの感がないでもなかった。その証拠に、三日目の二月十五日、鹿児島県出水海区漁業保障対策委員会は、東洋化成工場にたいし、新たに九千万円の立ち上がり融資を要求したのだ。この回答は、まだ委員会にとどいていない。

灰色に沈んでいた冬の海が白い縮緬《ちりめん》じわの波をたてはじめ、磯の岩角に打ちよせる波頭があたたかくぬるみだした。

滝堂部落の崖っぷちから、九十九折になった石ころ道をおりて浜づたいに百メートルほど南へくだると、かなり大きな岩の鼻が視界をさえぎる。その鼻を、とびとびに頭をもたげた岩をつたって迂回して渡ると、南向きのせまい砂浜に行きついた。その砂浜の端にあるかなりなゴロ石の陽だまりに、折り重なるようにしてうつ伏せに死んでいた母親と子供の死体が発見された。四月七日の午前十一時頃である。

鵜藤かねと安次であった。足のたたない安次を、気のふれた母親のかねがどうしてここまで運んできたのか、死人の足どりは不思議に思われた。砂浜は十メートルぐらいの幅しかなく、すぐわきに断崖がそそりたっている。かねは安次を背負って、とびとびの岩をつたってここまで歩いてきたのであろうか、村びとたちも係官も考えあぐねたが一切は不明であった。

かねは会う人ごとに、「治作のいるあの世へ行きたい」と口ぐせのように言っていたという。春の日の陽だまりの浜をえらんで折り重なるように死んでいたかねは、安次の体を折り曲げて腰の下のほうに抱きこみ、つぎのあたった木綿の黒い野良着でかぶせ、自分はその上にうつ伏せになって、やせた手を砂に突っこんでいた。安次は薄目をひらいて崖のほうを見ていた。その黒ずんだすすけた顔が草色に変っている。死斑の出た足もとにビナが集まり、そこに、波が打ちよせて濡れていた。木田民平は急報を受けて馳けつけ死体を所見したが、そのとき係官と村びとがかねの亡骸《なきがら》をはなしてみると、野良着の下で、安次はあのエキホスの空罐を握ったまま死んでいたのだった。

崖の上は陽があたって風がなかった。晴れた空の蒼い壁に、そのとき、背後の崖を飛び立った鴉の群れが、炭の切れはしのように天草の空へ散っていくのが見えた。不知火の海は硝子の粉をまいたようにさざ波が立ち、鮮かな輝きをはなっていた。

〔1960（昭和35）年4月『海の牙』初刊〕

P+D BOOKS ラインアップ

天使　遠藤周作　●　ユーモアとペーソスに満ちた佳作短編集

白い手袋の秘密　瀬戸内晴美　●　「女子大生・曲愛玲」を含むデビュー作品集

ゆきてかえらぬ　瀬戸内晴美　●　5人の著名人を描いた樹玉の伝記文学集

耳学問・尋三の春　木山捷平　●　ユーモアと詩情に満ちた佳品13篇を収録

青春放浪　檀一雄　●　小説家になる前の青春自伝放浪記

イサムよりよろしく　井上ひさし　●　戦時下の市井の人々の暮らしを日記風に綴る

P+D BOOKS ラインアップ

お守り・軍国歌謡集　山川方夫　●「短編の名手」が都会的作風で描く11編

天上の花・蕁麻の家　萩原葉子　●萩原朔太郎の娘が描く鮮烈なる代表作2篇

ブルジョア・結核患者　芹沢光治良　●デビュー作を含め著者初期の代表作品集

海の牙　水上勉　●水俣病をテーマにした社会派ミステリー

但馬太郎治伝　獅子文六　●国際的大パトロンの生涯と私との因縁を描く

無妙記　深澤七郎　●ニヒルに浮世を見つめる筆者珠玉の短編集

P+D BOOKS ラインアップ

魔法のランプ　澁澤龍彦　●澁澤龍彦が晩年に綴ったエッセイ29編を収録

悪魔のいる文学史　澁澤龍彦　●澁澤龍彦が埋もれた異才を発掘する文学史

ベトナム報道　日野啓三　●一人の特派員は戦地で"何"を見たのか

夜風の縺れ　色川武大　●単行本未収録の39編と未発表の「日記」収録

神坂四郎の犯罪　石川達三　●犯罪を通して人間のエゴをつく心理社会劇

天の歌　小説　都はるみ　中上健次　●現代の歌姫に捧げられた半生記的実名小説

（お断り）

本書は1960年に河出書房新社より発刊された単行本を底本としております。あきらかに間違いと思われるものについては訂正いたしましたが、基本的には底本にしたがっております。また、一部の固有名詞や難読漢字には編集部で振り仮名を振っています。

本文中には看護婦、漁師、漁夫、手落ち、女中、盲点、木樵、唖、聾唖、片輪者、人夫、どもる、大工、運転手、気ちがい、床屋、気狂い、漁民、テキヤ、気のふれたなどの言葉や人種・身分・職業・身体等に関する表現で、現在からみれば、不当、不適切と思われる箇所がありますが、著者に差別的意図のないこと、時代背景と作品価値とを鑑み、著者が故人でもあるため、原文のままにしております。

差別や侮蔑の助長、温存を意図するものでないことをご理解ください。

水上 勉（みずかみ つとむ）
1919（大正８）年３月８日―2004（平成16）年９月８日、享年85。福井県出身。1961年『雁の寺』で第45回直木賞を受賞。代表作に『飢餓海峡』『五番町夕霧楼』などがある。

P+D BOOKS とは

P+D BOOKS（ピー プラス ディー ブックス）とは
P+Dとはペーパーバックとデジタルの略称です。
後世に受け継がれるべき名作でありながら、現在入手困難となっている作品を、
B6判ペーパーバック書籍と電子書籍を、同時かつ同価格で発売・発信する、
小学館のまったく新しいスタイルのブックレーベルです。

海の牙

2023年11月14日　初版第1刷発行

著者　水上　勉
発行人　五十嵐佳世
発行所　株式会社　小学館
〒101-8001
東京都千代田区一ツ橋2-3-1
電話　編集　03-3230-9355
販売　03-5281-3555
印刷所　大日本印刷株式会社
製本所　大日本印刷株式会社
装丁　おおうちおさむ　山田彩純
（ナノナノグラフィックス）

ISBN978-4-09-352476-6

P+D BOOKS